ふれあいサンドイッチ

Contents

Characters

清水笹子

サンドイッチ店
『ピクニック・バスケット』の
心やさしい店主

コゲ

焼きすぎたトースト
みたいな毛色の、
笹子の飼い猫

川端さん

人気店『かわばたパン』を
経営するパン職人。
あだ名は“一斤王子”

清水蕗子
笹子のしっかり者の妹。
姉の店を手伝っている
小野寺さん
『ピクニック・バスケット』
の常連客。絵本作家

装画／いわしまあゆ
装丁／大原由衣

1

魔法の種

ハロウィンが近づいている。

空が茜色《あかねいろ》に染まりはじめたかと思うと、じきに暗くなる。木々が茂る公園は、周囲のビル街よりも少しだけ夜が早く感じられるのだが、秋も深まり、ますます時間差を感じるようになった。高いビルが建ち並ぶオフィス街では、まだほとんどの人が働いている。

店の外へ出たわたしは、街灯がともる直前の、黄昏《たそが》れた公園に目を向ける。店の前の細い小道が、茂みに吸い込まれていくようで、ふだんの風景とは少し違って感じられるのが好きだ。もしかしたら、見知らぬ森の中へ踏み込んでしまうのではないか、そんな気配を感じる時刻だ。

しかし、不思議な森へ出かけてみるわけにはいかない。わたしはまだ仕事中だ。テラスに置いた、折りたたみの椅子やパラソルを片付けはじめたとき、昼間とは違う様子を感じ、あらためて、周囲をよく見回した。

……ない。

テラスを飾ろうと置いたはずの、カボチャのランタンがない。がんばって手作りし、開店前にベンチの横に置いたのに、誰かが持っていったのだろうか。

テーブルの下に転がっていないか、植え込みの隙間まで覗《のぞ》き込んでさがしてみたが、やっぱりない。

肩を落としながら、パラソルと椅子を店の中へ運び込んでいると、笹《ささ》ちゃんが「どうしたの？」と心配顔で首を傾げた。わたしの深いため息が聞こえたらしい。

「カボチャのランタン、なくなっちゃったの」

「えっ、本当？　ランチタイムにはあったはずだけど……」

「うん、メニューパネルをしまったときもあった、と思う」

なくなったのはそのあとだ。

わたしたち姉妹、清水笹子《しみずささこ》と蕗子《ふきこ》は、ここ、靫《うつぼ》公園のそばで、サンドイッチ店を経営している。『ピクニック・バスケット』が、早朝からお昼過ぎまでを開店時間にしているのは、付近の会社に勤める人が、始業前に朝食を買えるようにと考えてのことだ。ランチタイムはもちろんいちばん賑《にぎ》わう時間だが、夜はレストランも居酒屋も無数にある立地なので、朝昼という営業は正解だった。

ランチタイムの客足が途絶えるころには、商品も残りわずかになり、閉店となるのだが、公園に面して並ぶ建物の風情を楽しめるようにと、テラスを片付けるのは夕方まで待つことにしている。カボチャのランタンは、客が途絶えたそんな時間に持ち去られたようだ。

「お客さんも、かわいいってほめてくれてたのにな」

「これから、新しいカボチャのサンドイッチも出そうってところなのに……」

笹ちゃんもがっかりしている。わたしの姉、笹ちゃんは熱心な料理人で、『ピクニック・バスケット』は笹ちゃんがひとりで始めた店だった。とはいえ、調理以外にはあまり気が回らないので、わたしが手伝うことになったのだ。そんなわけで、経理も広報も含め、わたしがあらゆる面で笹ちゃんをささえているつもりだから、新しいメニューを押し出すためにも、カボチャの装飾を展開しようとランタンをつくったのだ。なのに、なくなってしまった。

バスケットボールくらいのオレンジ色のカボチャで、重さもあるし、そのまま抱えていったのなら目立ちそうだ。大きな袋でも持っていたのだろうか。

「しょうがないから、またつくろうかな」

なくなったものはどうしようもない。わたしは気持ちを切り替えることにする。

「なあなあ笹ちゃん、蕗ちゃん、これいらん？」

そのとき、ドアから顔を覗かせたのは小野寺《おのでら》さんだった。いつも不思議な空気をまとって現れる、『ピクニック・バスケット』の常連客だ。たぶん、笹ちゃんより少し年上の、三十代半ばくらいの男性だが、ハート模様の蝶《ちょう》ネクタイにイエロー系タータンチェックのジャケットも、伸びっぱなしのくせ毛かおしゃれパーマかよくわからない髪型も、謎めいている。おまけに今は、カボチャを小脇に抱えている。

「それ、カボチャのランタンですか？」

オレンジ色のカボチャには、ハロウィン仕様に目と口とが彫られていた。

「そう、余ったから配ってんのや」

「わー、小野寺さん、ちょうどよかったです。蕗ちゃんがつくったカボチャのランタン、なくなって困ってたところでした」

「えっ、なくなったってどうしたん？」

わたしが説明すると、小野寺さんはやけにまじめな顔で言った。

「それや、カボチャが人に襲いかかったんやな。えらい凶暴なカボチャやで」

「ど、どういうことですか？」

わたしも笹ちゃんも、ぽかんとするしかない。

「カボチャに手を噛《か》み付かれたまま、小走りで逃げてく人見たわ」

そんなわけがない。小野寺さんときたら、すぐ話をつくるのだ。なんたって、絵本作家だから。

「その人、カボチャを怒らせちゃったんですね。カボチャ、怒ると怖いからなあ」

笹ちゃんは話に乗っかかるが、わたしはまだそこまで想像力が豊かになれない。ともかく、小野寺さんはカボチャを持ち去る人を見たようだ。

「小野寺さん、その人、どんな人でした？」

「女の人やったと思うけど」

「服装とか髪型とか、何か特徴は」

つい尋問口調になってしまうわたしを、小野寺さんはおもしろそうに見る。

「スーツっぽいのを着てたような。ちょっとふっくらした感じで。けどカボチャが衝撃的で、それしか見てへんかった」

「えー、そんな」

「蕗ちゃん、特徴がわかったって、その人を見つけるのは無理よ」

笹ちゃんの言うとおりだが、自分がつくったものだから、どうしても未練があった。

「あきらめて、小野寺さんのカボチャ、ありがたくもらおうよ。明日《あした》からは、目の届くドアのそばにでも飾ることにして」

はい、と小野寺さんはわたしの目の前にカボチャを差し出す。お礼を言って受け取ると、ずっしりと重かった。わたしがつくったものより大きいし見栄えもいい、鮮やかなオレンジ色のカボチャだ。三日月形の目と牙《きば》のある口が切り取られている。それだけでもう、それはカボチャとは別のものになる。おとぎ話の世界へ連れていってくれる、魔法の世界の存在に。

「小野寺さん、その大きな袋にも、もしかしてカボチャが入ってます？」

笹ちゃんは、小野寺さんがサンタクロースのように肩にかけている布袋に目をとめた。たしかに、ゴツゴツと膨らんでいる。

「うん、知り合いの店に配ろと思て」

いったい、いくつ入っているのか。

「ランタン、どうしてそんなにたくさんあるんですか？」

「この前、そこの駅前商店街でカボチャのランタンづくりのイベントがあってん。なかなか好評やったんやで。これは、会場の飾りに使ったやつで、あまってるんや」

「へえ、楽しそうですね」

「ひとつひとつ顔が違うんやで。これはコゲ」

　コゲはわたしたちが飼っている、黒と茶色の毛が交ざった猫だ。この場所で、笹ちゃんが店をはじめる前から飼われていたため、わたしたちの店でも看板猫になっている。コゲを最初に拾ったのは小野寺さんだそうだ。だからか、無愛想な猫だが、小野寺さんにはとてもなついている。笹ちゃんは飼い主として認められているようだが、わたしにはまだ、気が向けば相手をしてくれる程度だ。

「たしかに、コゲに似てる」

　寒くなったせいか、散歩時間が短くなったコゲは、とっくにバックヤードの寝床でまるくなっている。小野寺さんの声にも出てこないのだから、よく寝ているのだろう。

「そういえば、蕗ちゃんがつくったランタンは、蕗ちゃんに似てたよね」

「え？　そうかな」

「三角目だけど、すっごく楽しそうに笑ってる感じで」

　自分では首を傾げるしかないが、笹ちゃんの話に小野寺さんはにんまりと頷《うなず》く。

「ほんで、カボチャが泥棒に噛み付いたんか。蕗ちゃんの怒りが伝わったんやな」

　いや、噛み付いていない。

「もう、人を怒りっぽいみたいに言わないでくださいよ」

「気持ちが顔に出るほうやん」

　まあ、それは、たしかに。

「蕗ちゃん似のカボチャ、泥棒が改心したら戻ってくるんちゃう？　ほんじゃ、また明日」

小野寺さんはそう言うと、素早く去っていった。

「似てるかなあ……」

ガラス窓に映る自分の顔を覗き込みながら、わたしは眉《まゆ》をひそめる。店ではいつもポニーテールにしているから、顔の輪郭がはっきりわかるが、カボチャほどまるくはないと思う。が、ニコニコマークみたいな単純な顔だと、子供のころにはよく言われた。

「カボチャに似てるって、ちょっとやだな」

「カボチャに似てるわけじゃないよ。表情が蕗ちゃんらしいなって。絵とかも、描く人に似るって言うじゃない」

だからって、うれしくはない。

「どうせわかりやすい顔よ。笹ちゃんみたいに、雰囲気があるとか言われたことないし」

「雰囲気って、ほめにくいからでしょ」

「ええっ、ほめ言葉だよ。いつも笑ってて悩みなさそうに見えるよりいいじゃない」

「そうかな。わたしは元気いっぱいでも、心配事でもある？　って言われるし」

そういえば笹ちゃんは、黙っていると一生懸命に何かを考えているように見える。わたしなんて、考えているのにそうは見えないらしいのだ。結局ふたりして、くすくす笑う。

わたしたちは、似てない姉妹だ。それも当然のこと、血がつながっていないから。だけどこの店をふたりで切り盛りし、毎日そばにいると、子供のころよりずっと強く、お互いを慕い、必要としている。頼ったり教え合ったり、ときどき反発したりと、わたしたちは、ここで姉妹として成長している、そんな気がするのだ。

＊

子供のころから京香《きょうか》は、早く結婚したいと思っていた。名字が変わることに強いあこがれがあったからだ。〝南《みなみ》〟という姓がいやだった。南京香、南京《なんきん》だ、カボチャだ、と言い出したのは誰だったのか。他の子より背が高くて、昔はぽっちゃりしていたこともあって、カボチャというあだ名が定着してしまった。

カボチャに、大きくて愚鈍なイメージを持っているのは、そのころの自分がそうだったからだろうか。今も、あの姿形はあまり好きになれない。なのにこの時期、街にはカボチャがあふれている。三角目のカボチャたちだ。

本物のカボチャはもちろん、窓に貼られたシールだったり、ドアにぶら下がるぬいぐるみだったり様々だが、かつてはカボチャがこんなに目立つことはなかった。冬至に食べる習慣があったくらいで、それだって若かった頃の京香には無関係な行事だったのだ。

けれど、三角目のカボチャは、けっしてかわいいキャラではない。なぜこの顔なのか京香は知らないが、どちらかというと悪役っぽい。たぶん、魔物だからだ。ハロウィンは、魔が集まる日だという西洋の言い伝えが元になっているとか聞いたことがある。

とにかく、カボチャは愚鈍なだけでなく、不気味な存在になった。と思うのは京香だけで、みんなあれをかわいいと思っているらしく、お菓子や雑貨にもあふれている。

だからって、カボチャを目の敵にしているわけではない。ただ、京香はいまだに南京香だ。結婚しないまま、アラフォーといわれる年代になりつつあることにあせりをおぼえ、カボチャを見るとうらめしく感じてしまうだけなのだ。

靭公園の前を通りかかると、四《よ》つ橋筋《ばしすじ》をオレンジ色のタクシーが走っていく。あれに乗ると恋が叶《かな》うなんて、いったい誰が言い出したのか。数え切れないほど乗った自分はいきおくれているというのに。

京香はそのまま、公園の中へ入っていく。ちょうど昼休みの時間帯だからか、オフィスビルの中にいる人たちが公園へ出てきて、ベンチには空きがない。暑くも寒くもない心地よい秋晴れの下、屋外の日差しを楽しんでいる。

ついこの前まで、京香はタクシードライバーとして働いていた。女性の社長が起業した、女性ばかりの小さな会社で、目印はオレンジ色のかわいらしい車だ。観光客を乗せての、名所やグルメ巡りがネットで話題になり、若い女性客を案内することが多かった。紹介する店を自分たちで調べたりもしたので、それなりに詳しくなったし、この靭公園にも何度か来た。

公園沿いのカフェは、都会なのに木々に囲まれていて人気だが、界隈《かいわい》にはおもしろい店がたくさんある。仕事中はタクシーを離れられなかった京香は、今なら好きなだけ散策できると公園内を通り抜けることにした。

両側に木々がせり出している小道を進むと、レンガ色の壁が枝葉の向こうに見えてくる。軒の赤い屋根と、その下にある白いドアが、森の中から不意に現れたかのようで、近づいてみたくなる。そこはサンドイッチの専門店、『ピクニック・バスケット』だ。

店の存在は知っていたものの、入ったことはなかった。買ってみようかと思い立ち、近づいていくと、ドア横にカボチャのランタンが置いてあるのに気がついた。

カボチャの顔にはっとした。三日月目のデザインは、いくつかあった型紙の中で京香が選んだものと同じだ。もしかしたら……、そう思いながら、カボチャに手をのばそうとすると、隣に寝そべっていた猫が顔を上げた。

ジロリとこちらをにらむ様子は、まるでカボチャを守っているかのようだ。耳をピンと立てて、黒目が大きく見開かれる。あわてて京香は、カボチャにのばそうとしていた手を引っ込める。猫は大きく口を開けてあくびをすると、もう興味を失ったように京香から目をそらす。

戸口で立ち止まっていたものだから、後ろから来た客のじゃまになってしまった。せかされるように、京香は店の中へ足を踏み入れた。

目に飛び込んでくるのは、色とりどりのサンドイッチだ。ショーケースの中で整然と並んでいる。どれにしようか選ぶ楽しみで頭の中がいっぱいになると、ますますお腹がすいてくる。漂うコーヒーの香りも、木のぬくもりを感じる内装も、窓から見える秋の木立も心地いい。

ポニーテールの店員と目が合い、微笑みかけられると、京香はショーケースに吸い寄せられていた。

「これ、カボチャのサンドイッチですか？」

カボチャのオレンジ色が目について、京香は指さす。ケーキもパンも、カボチャを使ったものが店先に並ぶこの時期、サンドイッチ店でもこれは外さないようだと思いながら。

「はい、カボチャサラダのサンドです。レーズンが入っていて、少し甘口ですね」

悪くない。だけれど、わざわざカボチャを選びたくない。

「カボチャって、なんか子供向けですよね。定番の煮物も地味だし。どうしてもっと、シュッとした料理にならないんでしょう」

余計なことを言ってしまい、あわてて隣のサンドイッチを指さす。

「こっちの、マスタードチキンとキノコのサンドイッチをください」

反動で、辛口なものを選んでしまった。

白いブラウスに芥子《からし》色《いろ》のエプロンで、ふたりの女性が店内を忙しく歩き回っている。京香のあとの客には、もうひとりの、お団子ヘアの女性が対応している。この店はふたりで切り盛りしているのだろうか。ふたりとも、仕事中なのに楽しそうだ。会計を終えた京香に、ポニーテールの女性は明るく言う。

「カボチャのサンド、来週にはテイストの違う新作も出す予定です。よかったらまたどうぞ」

絶対おいしいから食べてみて！　と笑顔の内から声が聞こえてくる。仕事が楽しい人は幸せだ。うらやましく思うと同時に、自分もそうだったと思い返す。

お客さんとの一期一会の時間を過ごし、楽しかったと感謝されたときは心底うれしかった。社長には公私共々世話になって、同僚とも家族みたいに過ごしてきた。小さな規模の会社だったから、みんなで力と知恵を出し合えば、一体感も高まった。

「あの……」

気づけば京香は、ポニーテールの店員に声をかけている。そもそも店へ入ったのは、サンドイッチを買うためではなく、カボチャのランタンが気になったからだった。

「入り口のカボチャ、売ってもらえませんか？」

驚いた様子で、彼女はまばたきをした。

「ハロウィンの、ランタンですか？」

「はい」

「でもあれは、売り物ではないので……」

あきらかに困っている。彼女の笑顔が曇るのを見て、申し訳なくなる。つい口に出てしまったけれど、おかしなことを口走った自覚はある。

「すみません、変なことを言いました。失礼します」

あわてて店を出ようとすると、お団子ヘアの女性が言った。

「差し上げますよ」

「えっ、いいんですか？」

「もらい物だし、気に入っていただいたなら、あのカボチャもお客様が気に入ったのかもしれませんから」

やわらかい印象の彼女は、おっとりした口調だが、きっと店主なのだろう。ポニーテールの女性はまったく口をはさまなかった。すぐに新しいお客さんが入ってきて、ふたりとも対応に追われる。短くお礼を言った京香は、戸口で深くお辞儀をして、カボチャのランタンを持ち上げた。さっきの猫はもうそこにいなかった。

自分とカボチャの縁は、想像以上に強固なのではないか。カボチャをまるごと抱えて歩き、人の視線を感じながら、京香はそんなことを考える。子供のころはともかく、南京と指摘されるのも慣れきったし、けっしてカボチャが嫌いなわけではない。けれど、結婚話がダメになってしまい、これからも〝南京〟のままの自分は、カボチャに取り憑《つ》かれているのではないだろうか。

それに、カボチャがらみで困ったことにもなっている。

にやりと笑っているような、三日月目のカボチャがうらめしい。公園のベンチに腰を下ろし、京香は切り抜いた目や口の形をよく見てみる。自分でつくったランタンだろうか。型紙どおりに切っただけなので、決め手が見つからない。京香には見覚えのない、ひっかき傷のようなものがあったが、たぶんさっきの猫がつけたのだろう。

とりあえず、底の部分を外し、中を覗き込んでみるが、何も入っていなかった。

京香は深くため息をつく。いったい、どこに消えてしまったのだろう。

＊

店先を飾るカボチャのランタンは、二日連続で店頭から消えることになった。閉店後のキッチンで、食材のカボチャをにらみながら、わたしは首を傾げる。

「ねえ笹ちゃん、シュッとしたって、どういう意味？」

さっき、カボチャのことを地味とか言っていた女性の言葉が、わたしにはよくわからなかった。

「シュッと？　ああ、方言ね。うーん、ちょっとこう、洗練されてるような、かっこいいとかおしゃれな感じ？」

笹ちゃんに呼ばれてわたしが大阪へ来たのは去年だが、もう何年も関西《かんさい》で働いていた笹ちゃんは、すぐに理解したようだ。たしかにカボチャは、ぼってりゴツゴツした見た目のせいか、おしゃれな野菜というイメージではないが、どうして彼女は、あんなことを言ったのだろう。

「蕗ちゃん、そのカボチャ、ランタンに使う？」

穴が空きそうなほどわたしがカボチャを見つめていたからか、笹ちゃんはそう言った。えびすという名前で売っている一般的なものだ。濃い緑色の皮にほっくりと甘い実が詰まっている。

「ランタンはふつう、オレンジ色のカボチャよね」

わたしがつくったランタンも、小野寺さんにもらったのも、オレンジ色のカボチャだった。

「でも、サンドイッチに使ってるカボチャのほうが、『ピクニック・バスケット』らしいのかも」

「また盗まれたらやだな。だけど笹ちゃん、あの人はどうしてカボチャのランタンをほしがったんだろ」

「さあねえ」

「どうして、あっさりあげちゃったの？」

「売ってほしいだなんて、よっぽどのことでしょう？」

ふつうは言い出さないだろう。カボチャのランタンがほしいなら、売っているところがあるわけだし、あれでなければいけない理由でもあったのだろうか。

「ごめんね、勝手にあげちゃって」

なくなったランタンの代わりに、コゲに似たかわいいランタンが来て、ほっとしていたのだから、正直困惑した。でも、笹ちゃんのやわらかそうな頬にできたえくぼを眺めていると、まあいいかと思えてくる。

「じゃあ、もう一回つくろうかな」

腕まくりしたとき、店のドアをたたく音がした。もう店は閉まっている。何だろうと思いながらキッチンを出て、ドアの前のカーテンを開けると、格子の入ったガラスの向こうに川端《かわばた》さんが立っていた。

こちらを見て、彼はにっこり微笑む。やさしい笑顔に、わたしはちょっとドキドキする。パン職人の川端さんは、つい見惚《みほ》れてしまうほどのイケメンだが、もちろんパン作りの腕もすばらしい。わたしたちのサンドイッチは、川端さんのパンがなければ成り立たないのだから、わたしにとってはあこがれの人だ。

「蕗ちゃん、こんばんは。試作品をもってきたんです」

川端さんは、店名の入った紙袋を差し出す。袋に入っていても、パンのいい香りが鼻をくすぐる。

「いいんですか？　いただいても」

「ぜひ感想を聞かせてください。ちょっと、これまでの商品とは違うものをつくってみたので」

「わー、楽しみ。これ、もしかして……」

パンの香ばしさに、甘い香りが混じる。

「うん、カボチャパンなんです。たまに、野菜の食パン出してたんですけど、その流れで」

そういえば、前に『かわばたパン』で、ほうれん草とかニンジンのパンを食べたことがある。

「カボチャかあ、じつはこのところ、妙なことが続いたんですよ」

外はもう暗い。川端さんの店は食パンの専門店で、早くに売り切れることが多いため、もう閉めているだろうが、これから仕込みで忙しい時間だ。けれど、せっかく来てくれたのだから、わたしはつい引き留めたくなる。

「あ、入ってください。よかったらコーヒーでもどうですか？」

「じゃあ、少しだけ」

カボチャの事件が気になった様子の川端さんを、招き入れることに成功すると、笹ちゃんもちょうどキッチンから出てきたので、三人でコーヒータイムになった。

カボチャのランタンがテラスから消えた翌日、またカボチャのランタンをほしがる人がいた。とわたしが話すと、川端さんは思いがけないことを言った。

「それ、買いたいって人がうちにも来ました」

「本当ですか？　同じ人かな」

ショートボブで、背が高い女の人だという。三十代後半くらいというのも、わたしたちの店へ来た女性と重なる。

川端さんは、結局売らなかったというが、同じような雰囲気の人が、駅前商店街でも店先のランタンを調べるように手に取ったりしていたらしい。

「川端さんのお店のランタン、小野寺さんが配ってたものですか？」

「いえ、西野《にしの》さんが商店街で靴を買ったら、イベントの参加券をもらったのでつくってみたんだとか。そういえば、小野寺さんも来てて、子供たちと楽しそうにつくってたって言ってました」

小野寺さんは不思議な人だ。楽しそうなことがあれば、必ずかかわっているのだから。

「うちのは、猫みたいな細い三日月目だったけど、他の顔もあったんでしょうか」

笹ちゃんが問う。

「ええ、あとは三角の目の、ハロウィン定番のやつですね。西野さんのは三日月目でした」

「じゃあ、例の女性は、三日月目のランタンを集めてるのかな」

笹ちゃんが首をひねる。わたしは腕組みする。

「うーん、だけど、わたしがつくったランタンは、三角目だったけどな」

「それは、持っていったのはあの女性とは背格好が違う人みたいだけど」

「でも、仲間かも」

「カボチャのランタンを集める仲間？」

「あ、魔法の儀式にでも使うんじゃない？」

などと考えてしまったわたしは、小野寺さんの影響を多大に受けているのかもしれない。

「そういえば小野寺さんは、カボチャが戻ってくるかもって言ってたけど」

笹ちゃんもわりと、小野寺さんの言うことを信じるところがある。たぶん、小野寺さんは、思いつきでものを言っているようで、奥深い意味がありそうな言葉を使うからだ。

「あの人の話は、おおかたフィクションですから」

小野寺さんのことになると、川端さんは少し皮肉屋になる。けっして仲が悪いとかではなく、川端さんは小野寺さんの懐の深さにあまえるのが好きなのだ。とわたしもわかってきた。

小野寺さんは大きなクッションみたいな人だ。どんな方向から飛び込んでいっても、ふんわりと受け止めてくれるから。

「案外、小野寺さんの言うとおりなんじゃないでしょうか？　わたしのカボチャの代わりに、小野寺さんがランタンを持ってきてくれて、それもなくなったけど、川端さんがカボチャパンを」

紙袋に入っているのは、カボチャみたいなまるいパンだ。生地にカボチャの色が混じっている。手のひらサイズの、ホカホカ焼きたてのパンになって戻ってきた。

「がんばってつくったランタンがなくなって、がっかりしてたけど、ステキなパンになったんだからまあいいかな」

「よかった。蕗ちゃんが元気になって」

ちょっと照れくさそうな顔をする川端さんに、わたしはまたドキドキしてしまう。このごろ、わたしは、川端さんと会えるのがうれしいし、今日は話せるだろうかと楽しみにしている。以前なら、人を好きになるのは不安のほうが大きくて、悲観的になってしまっていたけれど、今は意外と、そんな自分が嫌いじゃない。

たぶん、川端さんが相手だと、さすがに高望みはできないから。独占したいとかつきあいたいとか、欲張ってしまわないぶん、日々の小さな幸せを感じていられるのだろう。


西野麻紀《まき》さんは、『かわばたパン』で働いている女性で、わたしと同い年だ。最近、よく話すようになって、昼休みの時間が合ったときなど、一緒にランチを取ることもある。

「蕗子さんがつくったランタン、盗まれたって本当？」

「盗まれた……のかな。小野寺さんが、カボチャに噛み付かれてる人を見たって言うんだけど」

小野寺さんのこともよく知っている麻紀さんは、彼らしいとニマニマしている。彼女はもともと小野寺さんのファンで、彼に紹介されて『かわばたパン』で働くようになったのだ。

「盗まれたならムカつくけど、噛み付かれたなら、なんか許せますね」

たしかに。あのカボチャは自分に悪さしようとした人に、反撃したのだ。懲らしめて、それからどこかを放浪しているのだろうか。

「もうちょっと牙を鋭くしておけばよかった」

駅前商店街の近くにあるラーメン屋さんで、わたしは厚めのチャーシューをほおばる。ランチタイムが終わった時間なので、店はわりとすいている。麻紀さんの黒縁メガネが湯気で曇るが、彼女は気にしていない。

「じゅうぶん恐ろしいカボチャじゃないですか」

たとえメガネが曇っていても、通った鼻筋や理想的な唇の形は損なわれず、美人オーラが曇ることがないのが麻紀さんだ。

「それが、迫力不足な顔だったの。わたしに似てるって笹ちゃんが言うくらいだから」

「でも、蕗子さんって泥棒に噛み付きそう」

言いたいことをビシバシ言っても、曇らない。でもまあ、当たっているかもしれない。

「そういえば、『かわばたパン』にもランタンをほしがる人が現れたらしいじゃないですか。麻紀さん、商店街のランタンづくりに参加してたんでしょう?」

「そうそう。で、うちの店へ来た人、ランタンづくりの会場にもいた人じゃないかって気がするんですよね」

「つくりに来てたの？　じゃあ、自分のランタンもあるのにね」

「あのとき彼女、たしか、三日月目のランタンをつくってた。で、帰り際にあわてたみたいで、テーブルに積み上げてあったランタンにぶつかって。ねえ、ご主人、それで一騒ぎになりましたよね？」

麻紀さんは、ラーメン屋さんの店主に声をかける。

「ああ、おぼえてるで。飾りのランタンの山、崩した人な。孝子《たかこ》ママと一緒に来たのに、急に帰ってしもたなあ」

店主はそう言った。

「孝子ママって人、知り合いなんですか？」

「昔近くでスナックやっとったらしいわ。俺はここに店出して十年くらいやけど、もっと前からの店主はスナックのことを知ってるし、常連やった人も多いみたいや。孝子ママ、今は、タクシー会社の社長やて。広尾《ひろお》孝子さん、なかなかやり手や」

店主が言うには、フォーチュンタクシーという、女性運転手ばかりの小さな会社らしい。店主はそこまで話すと、お客さんが入ってきたので場を離れる。わたしたちは話を続ける。

「散らばったランタン、みんなで積み直して、でもそうしてる間に彼女、いなくなっちゃったんですよね」

その人は、広尾孝子さんの知り合いだということだ。何をそんなにあわてていたのだろう。

「もしかしたらあの人、間違って自分のランタンじゃないものを持ち帰っちゃったとか？」

ラーメンと交互にチャーハンも食べながら、麻紀さんは言う。パン作りは体力がいるらしく、顔に似合わずよく食べる。

「それで、自分のをさがしてるってこと？」

自分でつくったから、思い入れがあるのだろうか。見るともなく、わたしはラーメン店のカウンターに置かれたランタンを眺めていた。

三角目のランタンだ。たぶん、同じイベントでつくったものだろう。商店街は今、カボチャがあちこちに飾られているが、三日月目のものは、今までのところ見ていない。隅々まで確認したわけではないが、見かけたものはどれも三角の目だった。まさかもう、三日月目のものは彼女が回収したのだろうか。

「ねえ、麻紀さんはどうして、ランタンの顔をあれにしたの？」

「うーん、顔の型紙は三角の目のばかりで、あれだけ違ってたからおもしろいなって」

たぶん、三日月目のランタンは、もともと数が少ないのだ。

「孝子ママのタクシーに乗ると、結婚できるらしいで」

お客さんの注文を聞きに行っていた店主が、戻ってきてまた話を戻す。

「若い女の子の間で話題になってるんやて。会社のマークがカボチャの馬車で、タクシーもカボチャ色の丸っこい車や」

カボチャの馬車といえばシンデレラだ。乗ったら王子様に会えるかも、という、願掛けみたいなものだろうか。

「王子……、もう、うちの店長しか浮かばへん」

麻紀さんがつぶやく。同じ人を、わたしも思い浮かべていた。川端さんは、あのさわやかで整った顔立ちのせいで、周囲から一斤王子と呼ばれているのだ。もちろん誰も異議を唱えられないのですっかり定着している。

「カボチャの馬車のタクシーか。ちょっといいかも。ステキなところへ連れていってくれそう」

わたしはそういう、少女趣味も嫌いじゃないが、麻紀さんはうんざり顔だ。

「蕗子さん、結婚にあこがれる？」

「それなりに、あこがれるかな」

「そっか。みんな結婚願望あるんやね」

「ない人もいると思うけど」

「そうかなあ。わたしの周りはみんな、結婚したいらしいし。そうそう、店長だって結婚願望あるみたいですよ」

勢いよくラーメンを吸い込んだわたしは、むせそうになる。

「か、川端さんなら、その気があればすぐに結婚できるんじゃないでしょうか」

「いやー、案外難しいかも」

麻紀さんは深く眉根を寄せる。川端さんのパン作りについては尊敬しているものの、気が合わないらしいのだ。わたしから見れば、仕事への姿勢が似ているだけに、お互い頑固で譲れないのではないか、というふうだ。

「一見さわやかだけど、めちゃくちゃ気難しくてめんどくさいですよ。パンに関してはもう、ほんまに頑固でまじめやから」

「そんな川端さん以上に、麻紀さんは仕事熱心だって聞きますよ」

「そりゃあ。いいパンをつくりたいから。でもだんだんわかってきたのは、店長、パンのこと以外は、抜けてたりするんですよね」

「抜けてますか」

意外なような、そうでもないような。わたしは、厨房《ちゅうぼう》の川端さんを知らないから、人当たりの柔らかいイメージしかない。

「この前も、デートの約束忘れたり。フォローしようとして、次の約束また忘れたり。プライベートでは案外おもしろい人なのかも」

川端さんにはデートするような人がいるのだ。当然だけれど、微妙に胸に突き刺さる。でも、このごろのわたしは、自分の気持ちを素直に受け入れようと思い始めている。人を好きになると、自分がいやになることが少なくなかった。嫉妬《しっと》したり、つい気持ちを抑え込んだり、逆に多くを求めすぎたり。いつも傷ついて、恋には臆病《おくびょう》になっていた。

だけど、好きな人がいるなんて、本当は幸せなことなのではないだろうか。誰も好きになれないよりずっといい。笹ちゃんに呼ばれ、東京から大阪へやってきて、『ピクニック・バスケット』で働き始めて、わたしの生活は大きく変わった。そうして、毎日を楽しもうと思えたからこそ、川端さんが気になるし、デートなんて聞くと心穏やかではいられないけれど、そんな自分も、これからは否定したくない。

「デートかあ。いいな、川端さんとだなんて」

「誘ったらOKしてくれるんじゃないですか？　彼女がいるわけじゃないみたいだし」

デートの相手は、彼女ではないのだろうか。少しだけほっとしつつも、しかしまだ、わたしにはそこまでの勇気は出ない。

「麻紀さんはそういうの、誘える？」

「無理。無責任に言ってみただけ」

はっきりしていておかしい。

「だけど、デートしてみないと、思ってたのと違ったって幻滅するかも。好きになる前に相手をよく知りたいから、そういうデートもアリなんじゃないかな」

麻紀さんの言うこともよくわかるが、わたしはまだ、荒れ地の隅っこに生えた小さな芽を認めるだけで、じゅうぶん満ち足りていた。

＊

朝から、バックヤードの書類棚の下を、コゲが覗き込んでいる。細い隙間に鼻を突っ込み、前足を突っ込む。コゲはひとりで遊ぶのが得意だ。これもひとり遊びだろうか。ボールをひとりで追いかけて転がしているのはいつものことで、ボールが見当たらないと、どこに隠したのか、早く出せとわたしに向かって抗議の鳴き声を上げる。そういうときは、笹ちゃんには訴えない。撫《な》でてほしいときだけは笹ちゃんに寄っていく。

今もコゲは、わたしを見て主張するように鳴くが、ボールはコゲのベッドのそばにある。書類棚の下には、いったい何があるのか。

いやな予感がしたわたしは、急いでキッチンの笹ちゃんを呼んだ。

「笹ちゃん、ネズミかも！」

やってきた笹ちゃんを急いで手招きし、書類棚を指さす。コゲはその隙間をにらみ続けている。

「えー、まさか。そんなの入ってこれないよ」

笹ちゃんは、懐中電灯を取り出し、下の隙間を覗き込んだ。

「どう？　何かある？」

「蕗ちゃん、そこのホウキ取ってくれる？」

ホウキを渡したものの、笹ちゃんが隙間に柄を突っ込むのにはハラハラした。飛び出してきたらどうするの、と身構えたが、柄で引き寄せたものは、キラリと光る小さなものだった。

コゲの目もキランと光り、うれしそうに前足を出そうとするのを笹ちゃんは制し、さっと拾い上げる。

「指輪……？　誰のだろ？」

黄色っぽい透明な石がついている。しずく形のペアシェイプカットで、存在感のある大きさだ。

「お客さんの落とし物？」

「でも、お客さんはバックヤードへ入らないよ」

ふたりで首を傾げるしかない。

「本物の宝石みたいだけど。どうしよう」

すると笹ちゃんが、はっとしたように手をたたいた。

「ねえ蕗ちゃん、もしかしたら、指輪はカボチャのランタンに入ってたんじゃない？」

「あのランタンから落ちたってこと？」

小野寺さんから受け取って、翌朝お店の前に飾るまでの間、バックヤードに置いたのだった。とすると、そこにいたコゲが、ランタンの中を覗き、光るものがあるのに気がついたに違いない。そうしてたぶん、ランタンの口から前足を入れて、取り出した指輪をおもちゃにした。書類棚の下へ入れてしまうまで遊んだのだろう。

猫は案外、おもちゃがどこにあるかおぼえている。見向きもしなくなったかと思うと、思い出したようにおもちゃを取り出してくることがある。思い出して、書類棚の下を覗き込んでいたというわけか。

「じゃあこれ、ランタンをあげたあの人の落とし物？」

「指輪を三日月目のランタンの中に落としたかもって、さがしてたんじゃないかな」

商店街で彼女は、三日月目のランタンをつくったという。そのとき、指から抜け落ちてランタンの中に入ったのだろうか。しかし彼女は、ランタンの山を崩してしまい、自分のとは違うランタンを持ち帰った。たぶん、商店街の会場には落ちていなかったことを確かめて、ランタンの中だと目星をつけたのだ。それで、川端さんのところのランタンも調べたかったのではないか。

彼女は、フォーチュンタクシーという会社の、社長の知り合いだということだ。調べれば連絡先がわかるかもしれない。

そろそろ開店時間だった。指輪の落とし主については後で調べることにして、わたしたちはあわただしく準備に戻った。

出勤前のお客さんが一段落ついた時間、いつものタイミングで小野寺さんがやって来た。

「いらっしゃいませ。小野寺さん」

「こんにちは、笹ちゃん、蕗ちゃん。コロッケサンドまだある?」

「すぐ用意しますね」

朝につくったものは売り切れていたけれど、小野寺さんのぶんはちゃんと取ってある。笹ちゃんは、きびきびとキッチンへ入っていく。後ろ姿を目で追う小野寺さんは、笹ちゃんに片想い中だ。笹ちゃんだって小野寺さんの気持ちには気づいていそうだけれど、気づかないふりをしているのか、それとも、サンドイッチのファンだから自分にも好意的だと思っているのか。

ただ、小野寺さんはつかみ所のない人で、笹ちゃんが好きなのは本気でも、何も望んでいないように見える。穏やかに見守っているだけ、そういう恋も、あるのだろうか。

眠っていたはずのコゲが、小野寺さんに気づき、近づいていく。カウンター席に座る小野寺さんにまとわりつく。

「コゲ、今日もひげが立派やな」

ほめられて、コゲはうれしそうに尻尾《しっぽ》を立てる。

「そうだ、小野寺さん、コゲが指輪を見つけたんですけど、小野寺さんがくれたカボチャのランタンに入ってたのかもしれないんです」

笹ちゃんがコロッケを揚げている間に、わたしは話しかける。

「うん、入ってたわ」

「えっ、知ってたんですか？」

「それ、商店街のおまけちゃうん？　当たりのカボチャやろ？」

「おまけって、高価すぎますよ」

「高価？　まさか本物ってことは……」

「違いますよ、これ、宝石ですって」

レジカウンターの下にある引き出しから、わたしはオレンジがかった黄色の指輪を取り出して、小野寺さんに見せた。いつも飄々《ひょうひょう》として、とぼけてばかりの小野寺さんが、真剣な顔でまじまじと見た。

「うそやん。ガラス玉とちゃうん？」

「リングに十八金の刻印がありますから、ふつう、ガラス玉をつけないでしょう？」

「えーっ！」

何でも知っていそうな小野寺さんの弱点を見たようで、わたしはちょっとニヤけてしまった。

「当たりって紙が入ってたら商品券がもらえるって聞いてたんやけど」

当たり券じゃないのに、勝手におまけだと思い込むなんて、ちょっとかわいい。

「三日月目のランタンをさがしてる人が来て、ほしいって言うから、小野寺さんにもらったのは差し上げたんです。でも、そのときにはもう、コゲがこれを取り出してしまってて」

「三日月目のをさがしてた？　何でやろ。この指輪、もともとは三角目のに入ってたんや。近所の店にあげたやつやけど、そのとき店の人が指輪に気がついて、おもちゃはいらんて言うよって、別のに入れといた」

それが三日月目のランタンで、たまたま『ピクニック・バスケット』が受け取ったということか。

「そやけど変やな。これがその人のもんなら、三角目のランタンをさがすはずや」

たしかにそうだ。なら、彼女の目的は指輪ではないのだろうか。

一方で、わたしがつくった三角目のランタンを持ち去った人がいたのは、関係があるのかないのか、考えるほど混乱するばかりだ。

「蕗ちゃん、コロッケサンドできたよ」

笹ちゃんの声に、わたしは仕事に意識を戻す。トレーにサンドイッチとコーヒーをのせ、小野寺さんに手渡す。

「ありがとう。これがないと一日が始まれへん」

ごゆっくり、と伝え、ランチタイムに向けてサンドイッチの補充に入る。笹ちゃんがキッチンで、次々につくっていく。タマゴ、レタス、ハム、紫キャベツにクリームチーズ、トマトもカボチャもローストチキンも、ショーケースの中は花畑だ。売れてくれないと困るけれど、サンドイッチでいっぱいのショーケースがいちばん好きだ。

小野寺さんはコゲを膝《ひざ》にのせ、サンドイッチを食べながらのんびりと本を開いている。店内はとても静かだ。窓の外は、葉を赤く染めつつある公園の木が、キラキラと木漏れ日を落としている。

内も外も、にわかに人の声や気配が消えた短い時間、木々の向こうへとカーブした小道に風が吹き抜け、落ち葉がカサカサと渦を巻く。外から中へ視線を戻し、ショーケースを念入りに拭《ふ》き終えたわたしは、はっとして顔を上げた。

いつの間にか、お客さんが戸口に立っている。つむじ風に運ばれてきたかのように、唐突に現れたその人に、わたしは声をかけるのも忘れて、つい見入ってしまった。

紺色のパンツスーツを着て、黄色いスカーフを襟元に結んでいる。きっちりと化粧をした年配の女性で、ふくよかな優しい顔立ちながらきりっとした印象がある。その反面、ふっくらした指先には、ティアラのような模様のかわいいネイルが施されている。その人は、ショーケースではなくわたしをじっと見て、ささっと近づいてきた。

「あたし、今日はお詫《わ》びに来たんです。本当にごめんなさい」

そう言って、唐突に頭を下げる。

「あの、お詫びってどういうことでしょう」

「これを、勝手に持ち帰ってしまいましてん。それで、お返ししようと思いましてね」

その人は、引きずってきていた布製のショッピングキャリーから、カボチャをひとつ取り出した。

「盗んだと思てはるでしょうね。でも、言い訳ですけど、ちょっと手を入れたら抜けなくなってしもたんです。恥ずかしいしあせるしで、ついその場から逃げ出して」

わたしがつくったランタンだ。オレンジ色のカボチャは、三角に目がくりぬかれている。カボチャのオバケはそもそも不気味なものであるはずなのに、ちょっとおどけたように見えるのはどうしてだろう。怖さがまるでないのだから、わたしのものに間違いない。ただ、にやりと裂けた口元には牙があったはずだが、折れてしまったようだった。

「ここ、むりやり手を引っこ抜いたら壊してしまいまして。代わりにこれを」

別のランタンを取り出して、またわたしに差し出すから、わたしはカボチャを二つも抱える羽目になった。

「これだけじゃあ何ですから。カボチャ、まだありますので」

キャリーからは、今度は緑色のカボチャが五個も取り出され、レジカウンターに置かれた。

「栗カボチャやから、おいしいですよ。オレンジのは観賞用で、食べられへんからねえ」

話し声が気になったのか、笹ちゃんもキッチンから出てきて、わたしと並んでカボチャを見下ろすことになる。カウンター席の小野寺さんは、こちらに背を向けているが、きっとおもしろがって聞いていることだろう。

「あの、こんなにカボチャ、いただかなくても。わざわざお詫びに来てくださったので、それでもう……」

笹ちゃんが丁重に言う。

「いえいえ、本当に申し訳なくて。サンドイッチ屋さん、カボチャのサンドイッチもあるんでしょ？　それに別のカボチャサンドもつくるんやとか。そしたらカボチャ、いりますやろ？　あ、カボチャのサンド、まだあります？　お詫びに来といて買い物て、図々《ずうずう》しいやろけど、食べてみとうてねえ。あたし、カボチャが大好物なんですよ」

なんというか、饒舌《じょうぜつ》な人だ。わたしも笹ちゃんも、なかなか口をはさめない。

「子供のころから、カボチャの煮物ばっかり飽きんと食べてますけど、このごろはケーキとかプリンとか、いろんなカボチャがあってワクワクしますわ。それにサンドイッチまで。ああこれですか、カボチャサラダサンド。カボチャサラダ、いいですねえ」

みんなに分けたいと言って、彼女はたくさん買い込んだ。みんなって、家族だろうか。それとも友達？　職場の仲間？　訊《き》く間もなく、彼女は話し続ける。

「こちらのサンドイッチ、おいしいて教えてくれた友達が、名前に南京がつくんですよ。友達ってゆうても、だいぶ年下やねんけど、もう二十年のつきあいで。彼女、子供のころからカボチャ娘ってからかわれてきたよって、自分の名前が好きやないんやけど、カボチャ、おいしいやん。ほんまにステキな野菜やと思うし、名前もカボチャも好きになってほしいんです。ふだんはあんまりカボチャ食べへんみたいやけど、ここのサンドイッチは気になってたんちゃうかな。そやからぜひ食べてほしいんです」

わたしが紙袋に詰めたサンドイッチを、カボチャを運んできたショッピングキャリーに入れて、彼女は一仕事終えたかのような、安堵《あんど》の表情を浮かべる。

「あ、カボチャの新しいサンドイッチも、売り出されたら買いに来ますね」

帰り際にそう言った。

「あのう、どうして手が抜けなくなるようなことになったんですか?」

かろうじてわたしは質問した。振り返った彼女は、少し困ったような、寂しそうな顔をしていた。

「魔法の種が、入ってるんちゃうかと思て」

「魔法の……、カボチャの種ですか?」

「あたしにとっては、カボチャの種が魔法の種なんです。夢を叶える魔法の種。そんで、最後にもう一度、魔法が使えるならと願ったんですけど」

不思議な言葉に、わたしも笹ちゃんも考え込んでいるうちに、彼女は行ってしまった。

奇妙な余韻の残る店内で、わたしたちはしばらく黙っていた。静かな店内に、色を染めた木の葉からもれる光が届き、黄色っぽい空気に包まれる。

「どういう意味だろ」

つぶやいた自分の声で、我に返る。レジカウンターに積まれたカボチャは、さっきの訪問者の意味をいまだわたしたちに問いかけている。

「カボチャの種って、たしかにおもしろいものだけど。食べられて、栄養満点だからね。実も種もおいしいって、めずらしいよね」

笹ちゃんが言う。わたしは驚いた。

「えっ、食べられるの？　わたし食べたことないけど」

「じゃあ食べてみる？　炒《い》って塩胡椒《こしよう》を振るだけでもおいしいし、ハチミツをからめたら甘くて香ばしいお菓子にも」

笹ちゃんは、もらったカボチャをやさしく撫でた。

「優秀な野菜なの。保存がきくのに、皮も、実も種も、捨てるところがない。綿の部分だって天ぷらにするとおいしいし。それに種は、育てたらまたたくさん、カボチャが実るんだもんね」

だから、さっきの人にとっては、魔法の種なのだろうか。だけど、ランタンは種と綿をくりぬいてつくる。それに、種はどのカボチャにだってあるのだから、ほしければいくらでも手に入れられるではないか。

わたしは自作のランタンを持ち上げて、三角目から中を覗き込んでみた。そうして、あ、と声を上げる。

「これ、種が入ってる」

「え、どれどれ？」

笹ちゃんも覗き込み、ふむふむと頷いた。

「種が目について、あの人はつい手を入れちゃったのかもね。それにしても、ひとつだけ蕗ちゃんが取り除き損ねた種って、すごい種じゃない？　これ、取っておこうよ」

すごい種かどうかはともかく、スーツの女性は種に思い入れがあるようだったから、手に取ってみたくなったのかもしれない。

ランタンは、底に穴が開いている。切り取った部分をはめ込んであるのは、そこに蠟燭《ろうそく》を立てるためだ。ランタンなのだから、冷静なら底が開いていることは思い出せただろう。たぶん、種を見つけて思わず口から手を入れたのだ。

わたしは底のふたを開け、カボチャの種を取り出した。白っぽい殻につつまれた、しずく形の種には、たっぷりの栄養と将来のカボチャがいくつも詰まっている、のだろうか。そのまま捨ててしまっていたカボチャの種を、しみじみと見たのははじめてだ。なるほど、ふっくらと中身が詰まっていて、ナッツ感覚で食べられそうだ。それに、形が案外かわいい。ぽってりと丸みがあるのに、片方だけ細くとがっている。

この形って……。

さっきの女性は、カボチャの種が入っていたから、手を入れたと言っていた。

種。引き出しに戻していた指輪を、もう一度取り出す。手のひらの種と見比べる。指輪の、しずく形の宝石が、カボチャの種に似ている。宝石はオレンジがかった黄色で、白っぽい種とは色が違うけれど、形やサイズが同じくらいだ。

「ねえ笹ちゃん、カボチャの種ってこれのことじゃない?」

「そういえば、形がそっくり」

「もしかしたら、わたしのランタンに残ってた種が指輪みたいに見えて、手を入れたんじゃないのかな。そもそもこの指輪は、三角目のランタンに入ってたわけだし」

そのときわたしは、もうひとつ、重要なヒントを見つけていた。

「それにこの指輪、わりとサイズが大きいでしょう? 三日月目のランタンをほしがった人は、ほっそりしてて指も細かったけど、さっき来た人は指もふっくらしてた」

「リング、大きめだもんね」

笹ちゃんが試してみるが、親指でもゆるいくらいだ。

「あの人、どこの誰だろ……」

「仕事は運転手さんじゃない? 白い手袋がポケットからのぞいてたし、スーツもそんな感じでしょ。たぶん、タクシーの」

笹ちゃんの言葉に、思い出した。タクシーの、女性運転手なら、もしかして。

ラーメン店で聞いた話では、フォーチュンタクシーの社長と、三日月目のランタンの人が一緒に来ていたという。さっきの人は、社長の広尾孝子さんなのだろうか。小さな会社だというし、社長自身がハンドルを握っていても不思議じゃない。

「まだ外のテラスにおるで。そこでサンドイッチ食べてる」

小野寺さんが、助け船を出すように口をはさんだ。カウンター席の前には窓があるから、小野寺さんには見えていたようだ。わたしはあわてて店の外へ出る。テラスのベンチにいた彼女に声をかける。

「あの、もしかして、指輪をなくしませんでした？　お店の中で拾ったんですけど」

彼女はびっくりしたようにわたしを見て、それから手のひらの指輪をじっと見た。さっきまでの、にこやかでおしゃべりな彼女とは打って変わって、かすかに眉をひそめていた。

「いいえ、あたしのとちゃいますね」

そう言うと、サンドイッチの包み紙をそそくさとカバンに入れ、小さく会釈して去っていった。

「なんか、事情がありそうね」

ドアのところで様子を見ていた笹ちゃんが言う。そういえば、三日月目のランタンの人は、社長とランタンづくりに参加していたが、ひとりで急に帰ったとかいうことだった。ふたりの間に何かあったのだろうか。それは、指輪をめぐって？

「どうする？」

「新しいカボチャサンドを用意すれば、また来てくれるよ」

笹ちゃんは笑顔で断言し、小野寺さんは楽しそうに笹ちゃんを見ていた。

＊

雑居ビルに囲まれた、狭いコインパーキングに、丸っこいオレンジのタクシーが止まっている。見つけて京香は足をとめた。車の屋根には、フォーチュンタクシーと書かれたランプがちょこんとのっかっているが、ティアラに似たその形は、孝子の趣味だ。彼女は華やかでキラキラしていてかわいいものが好き。だから還暦を過ぎても、身の回りは女子高生みたいな持ち物であふれている。

京香は車に歩み寄る。ナンバーは、孝子がいつも乗っているものだ。ルームミラーは宝石に似たビーズでデコられ、お姫さまドレスを着たハムスターのマスコットがぶら下がっている。

会社をやめてまだ一月《ひとつき》だが、なつかしく感じた京香は、孝子の痕跡《こんせき》をさがすように窓からじっと覗き込んでいた。

「あら、京香ちゃん、こんなところでどうしたん？」

はっとして、窓から離れる。振り返るまでもなく、孝子がこちらを覗き込んだ。

「通りかかったら、孝子さんの車があったから」

「わあ、あたしの車に気づいてくれたんや」

孝子は、会社をやめた京香にも、変わらずにこやかに接してくれる。だから京香は、このやさしい人を失うのが怖い。

「孝子さん、この間は、ごめんなさい。急に帰ってしまって」

本当に言うべきは、こんなことではない。けれどそれしか言えなくて、京香は頭を下げる。

「ああ、ええんよ。急用やったんやろ？」

駅前商店街でランタンをつくろうと、孝子に誘われて出かけた。昔、孝子の店がそこにあり、京香もしばらく勤めた馴染《なじ》みの場所だったから、そこでなら打ち明けられるかもしれないと、意を決して出かけたのだった。でも、指輪をなくしたのに気づき、パニックになってしまった。

地下鉄のトイレで、手を洗ったときはずして、置いたまま忘れてきたのではと思った。あわてて商店街を出て、地下鉄のトイレに駆け込んだが、見つけられなかった。自分の行動をいろいろと考えているうち、地下鉄から商店街へ向かう途中で、指輪を確認したことを思い出した。サイズがゆるいので、バッグの中に手を入れたときなど、引っかかって抜けそうになることがあるからだ。トイレに置き忘れたのではなかった。だったら、商店街で落としたのか。思い当たるとすれば、ランタンのカボチャをくりぬいていたときに、抜け落ちたのではないかということだ。

しかし、持ち帰ってきたランタンの中に、指輪はなかった。自分でつくったものが、他のものと入れ替わったのかもしれない。なにしろ帰り際、ランタンの山を崩してしまった。あわてて自分のを拾ったつもりだったけれど、たぶん間違っていたのだ。

今日も、京香は指輪をさがし、カボチャのランタンが置いてありそうな店を覗いてまわったが、成果はなかった。だから、孝子にはまだ話せない。かといって、この前みたいに逃げ出すのもさすがに大人げない。

「そうや、さっきそこでサンドイッチ買うたんよ。ほら、京香ちゃんがこの前、マスタードチキンのサンドイッチがおいしかったってゆうてた店。時間あったら、車の中で食べへん？　みんなで分けよと思て、いっぱいあるんや」

促されて、京香は助手席に乗り込んだ。

「なんか、元気ないね。もうじき結婚すんのに。東京へ行ってしまうんは寂しいけど、あたし、京香ちゃんと身内になれんのが本当にうれしいんや。あ……、式には出られへんけど、それでも身内は身内やろ？」

結婚相手だった滋人《しげと》は、孝子の息子だ。息子といっても、若い頃に離婚して以来、長いこと会ってはいなかったというが、息子も年齢を重ね、わだかまりが解けたのか、少し前から孝子と連絡を取るようになっていた。たまに彼が大阪を訪れたとき、京香も一緒に過ごすようになり、つきあうようになったのだ。

結婚話が進んだのは孝子が後押ししたからだ。もちろん京香は、これからつきあうなら結婚が頭にのぼらないわけはなかったし、孝子も京香の結婚願望を知っていた。

滋人のほうも、四十を過ぎて未婚ということもあり、話はすんなり決まった。そうして、京香は孝子の会社をやめ、滋人が住む東京へ行くことになっていた。

孝子とともに、京香はフォーチュンタクシーの起業に携わってきた。離れるのは寂しかったが、孝子に祝福され、身内になるのだと思えば、寂しさよりも希望を感じた。

京香が結婚することを、孝子が心底喜んでいるのがわかるから、目の前にするといつも切り出せない。考えている間にも、孝子は話し続けている。

「京香ちゃんとは、あたしがスナックをやってたころからやもんね。派遣先に切られて、仕事がないってうちの求人見たんやったなあ。京香ちゃんが来てから、なんでか女のお客さんが増えて、働いてる女の人がホッとできるってよう言うてくれて、あのころも楽しかったわ。もっと早くお嫁に行くもんやと思てたけど、あたしが引き留めてたみたいなもんやな。タクシー会社やるから手伝ってて言うたから、そのせいで彼氏と別れたことあったやろ？」

孝子はあのとき、女の人の働く場所をつくりたいと、会社を起こすことにした。京香も奔走したし、はじめてのことばかりだったけれど、やりがいを感じていた。

「あのときは、そんなんちゃうよ。あの人浪費家で、金銭感覚が合えへんかったし」

「けど、京香ちゃんの結婚、じゃましてるんちゃうかと思えてなあ。そやから滋人とうまくいって、本当によかったわ。これで南京やなくなるもんな。はいこれ、食べてや」

手渡されたのは、カボチャサラダサンドだ。

「孝子さん、ホントにカボチャが好きやね」

「そやからあたし、京香ちゃんとご縁がつながったんやろか。初対面のときから、名前が印象に残ったんや」

もしこの名前でなかったら、そう考えると不思議な気がしてくる。孝子との長いつきあいは始まらなかったかもしれない。

カボチャサラダのサンドイッチは、見ただけでも味が想像できた。甘さとマヨネーズのコクが混ざり合った、大人も子供も好きな味。おいしいけれど、京香には物足りない。これは家族の味だ。食卓にのぼる定番の味。

京香は、そんな食卓から遠ざかる。

「孝子さん……、わたし、滋人さんとは結婚せえへん。ごめんなさい」

京香は、サンドイッチの包みを開くことなく膝に置いた。孝子の、うつむきがちのため息は、京香の言葉を予感していたかのようだった。

「あの子はちょっと優柔不断やけど……。ふらっと別の女の人になびいたかもしれんけど、そんで？」

魔が差した、と言い訳した彼の浮気を、孝子は知っていたのだ。でも、結婚をやめたのはそれだけが理由ではない。

「なあ京香ちゃん、やり直すのは無理なん？　結婚は延期でもええ、あの子が変われるかどうかもうちょっと見てやってくれへん？」

「違うの、そうやなくて。……わたし、田舎に帰ろうと思う。父が倒れて、実家のペンション、たたむって話になってて。もう家族は父しかおらへんし、何もかも初めての仕事やけど、もしわたしにできるなら。これから自分が何をしたいんか、結婚が目標なんかて考えたら、違うような気がしてきて」

実家のことは気にせずに、好きなことをすればいいと、父はいつも言っていた。だから京香は、自由に生きてきた。思い通りとはいかなかったけれど、孝子と働いてきたことは、夢中になれたし楽しかった。

派遣社員からスナックで働き、想像もしていなかったタクシー運転手になって、これからはペンションの経営者だ。いろんな経験をしたことで、これからも何でもやれそうな気がしている。孝子のおかげだから、彼女を悲しませてしまう自分が情けない。

「だから、孝子さんの指輪、返さなあかんのやけど……」

孝子が母親からもらったという指輪だ。だから、息子と結婚する京香にくれた。離婚して、ひとりで生きてきた孝子にとって、自分をささえるものだったと聞いている。大切なものを、身内になるからとくれたのに、婚約破棄を伝えるなら同時に返さなければならないのに、なくしてしまって、伝えられなくなっていた。

「返さんでええよ。京香ちゃんにあげたもんやさかい」

「だけどあれは、孝子さんにとって夢の種なんやろ?」

「あたしの種はもう育ってる。京香ちゃんは自分の種を見つけたんやから、指輪、持っておいて」

そういうわけにはいかない。でも、返そうにも見つからない。

「さ、そろそろ仕事に戻らなあかんわ。引き留めてごめんな」

孝子を裏切ったようで後ろめたい。指輪が見つかっても見つからなくても、孝子をがっかりさせた自分を許せない気がするのだ。

見納めのような気持ちで、京香はキラキラと飾りのついたルームミラーを目に焼き付けた。

＊

カボチャとベーコンのサンドイッチが店頭に並ぶ。素揚げにしたカボチャをワインビネガーでマリネにし、ベーコンと一緒にサンドした。カボチャそのものの甘さを、ベーコンの塩気が引き立てて、さわやかな酸味とピリッと効いた胡椒がまとめている。表面をトーストしたパンにはさんだ、しっかりしたご馳走《ちそう》サンドだ。

お客さんには働く大人が多い中、サラダに負けず劣らずよく売れている。評判も上々で、笹ちゃんもわたしも上機嫌だった。

ただ、孝子さんはまだ来てくれない。来てくれるという保証はないが、笹ちゃんは大丈夫だという。

指輪はまだ、レジの下の引き出しにある。高価なものをあずかっているのは緊張するから、わたしとしては早く取りに来てほしいが、孝子さんが引き取る気になってくれるだろうか。

その日、閉店間際に現れたのは、孝子さんではなく、三日月目のランタンを譲ったあの女性だった。

「こちらに指輪があるって聞いて来ました。小野寺さんって人に」

彼女はそう言った。駅前商店街のランタンを、小野寺さんが知り合いに配ったと知り、彼を訪ねたらしい。

この人に返していいのだろうか。わたしは笹ちゃんと目を合わせる。笹ちゃんは小さく頷く。

「今、お渡ししますね」

取りに行こうとすると、彼女は引き留めるように言う。

「いえ、それはわたしのじゃないって、言いに来たんです。わたしはただ、知人がなくしたものをさがしてただけなので、そのかたに渡していただけないでしょうか」

知人のためにさがしていたなら、自分から渡せばいいのに、そうしない。

「落とし主はこのかたです」

彼女が差し出したメモには、フォーチュンタクシーという会社名と電話番号、そして広尾孝子さんの名前が書いてあった。

「このかた、たぶん前にいらっしゃいました。でも、自分の指輪ではないとおっしゃって」

「違います、この人のものです」

「いいや、京香ちゃん、あんたのや」

勢いよくドアを開けて、スーツ姿の、おそらく広尾孝子さんだろうという女性が入ってきた。わたしたちよりも、京香ちゃん、と呼ばれた彼女のほうが驚いていたが、孝子さんは彼女の手を握って頭を下げた。

「ごめんね、指輪、さがさせて、心配させて。指輪が見つからんかったのは、あたしのせいなんや」

なんだか込み入った話になりそうだ。わたしはさっとopenの札をひっくり返し、店のドアを閉めておく。

「駅前商店街でランタンつくったとき、京香ちゃんが指輪落としたのに気がついたんよ。それで拾ったんやけど、京香ちゃんがあれをあたしに返して、婚約破棄の話するつもりなんやと思たら、話聞きとうなくて、京香ちゃんがあとで指輪に気づいたらええと思って、ランタンの中に入れたつもりやった。あのとき、テーブルのランタンが崩れて散らばってたよって、その隙に京香ちゃんのに指輪を入れたつもりやったけど、間違って違うランタンに入れてしもたんや」

それが、三角目のランタンだった。

「あたし、三角目のをつくってたやろ？　そういえば、京香ちゃんのは顔が違ってたって気がついたんは、家に帰ってからや。戻って商店街の人に訊いたけど、指輪は見つからへんかった。置いてあったランタンは、だいたい配り終えたっていうし……。それでもう、指輪は見つからんほうがええような気がしてた。京香ちゃんからつらい話を聞かんでええ。時間を置いたら、うちの息子との結婚、考え直してくれるかもしれんてな。勝手やったわ。あたし、京香ちゃんの幸せを願ってたはずやのに」

京香さんは黙っている。つらそうなのは、婚約破棄を考え直せない自分を責めているのだろうか。孝子さんはひとつため息をついて、わたしたちのほうを見た。

「すんません、たまたま拾ってくださっただけやのに」

「いえ、あの、よかったらお掛けください。今日はもう、営業時間も終わりですし」

わたしは椅子を勧め、込み入った話なので距離を置こうとショーケースの内側へまわる。ふたりがイートインスペースへ移動するのを横目に、笹ちゃんに問う。

「ふたりとも来るって知ってたの？」

「昨日の夜、小野寺さんから連絡があったの。そっちへ三日月目のランタンの人が行くって。そしたら今日はちょうど、広尾さんらしい人から電話があって。新しいカボチャのサンドイッチはあるかって問い合わせの」

それで笹ちゃんは孝子さんに、京香さんがここへ来ることを伝えたのだろう。

「孝子さん、勝手なんはわたしや。そやから、指輪は返したいねん」

狭い店内なので、どうしても話は耳に入ってくる。その指輪は、まだレジ下の引き出しに入っている。

「ううん、あたし本当は、息子の嫁にあげたいわけやなかった。京香ちゃんにあげたいんや」

なんとなく、事情は見えてきたけれど、ますますわたしたちに口をはさめる状況ではなさそうだ。

「そうだ、新作のカボチャサンド、食べませんか？」

しかし笹ちゃんは急に言った。

「種の入ってるサンドイッチを食べたほうが、指輪を受け取るっていうのはどうでしょう」

そう言って、ショーケースからカボチャマリネとベーコンのサンドイッチを二つ取り出す。

種って、いつの間に入れたのか。間違って売ってしまってたらどうするの。わたしは落ち着かなくなるが、笹ちゃんは笑顔だ。

「カボチャの種は魔法の種だっておっしゃってたでしょう？　指輪、カボチャの種にそっくりですよね。だから、種が指輪の行方を決める。どうです？」

「あらまあ、おいしそう。カボチャとベーコン？　じゃああたし、こっちをいただきます」

ただ食べたくなっただけみたいに、孝子さんはあっさり手をのばした。たぶん京香さんは納得していなかったが、仕方なくもう一方のサンドイッチを手に取る。

「ねえ京香ちゃん、これ、ベーコンとカボチャで、塩気と甘みがちょうどいい味やし、いつものカボチャ料理とちょっと違っておいしいわ」

孝子さんは純粋に味わっているが、固い種は入っていないのだろうか。わたしだけがハラハラしている。

「孝子さん、フォーチュンタクシーはカボチャの馬車やて言うてたやろ？」

京香さんは、まだ食べようとせずに、サンドイッチを見ながらそんな話をはじめる。

「お客さんをステキな場所へ連れていくんやって、カボチャ色で丸っこい車にこだわって。それで、フォーチュンタクシーに乗ったら恋が成就するって噂も立って。若い女の子たちに目をかけるのも、彼女たちが幸せになれるようお節介も焼くんも、みんなに、結婚して幸せになってほしいからやん？」

彼女は、孝子さんの夢から離れる自分に、指輪を受け取る理由がないと思っている。孝子さんは、悲しそうな顔をする。

「京香ちゃんは、結婚したいって昔から言うてたし、あたしは、京香ちゃんの幸せにちょっとでもかかわれるならうれしかった。でも、あたしの自己満足や。結婚やめたら、このまま京香ちゃんがあたしから離れてくみたいで、いややっただけ」

食べかけのサンドイッチをじっと見る孝子さんが、わたしは気になる。種はあったのだろうか。

「あたし、子供のころから、シンデレラよりも魔法使いになりたかってん。自分で魔法を使えるほうがええやん。大きなカボチャ、好きなだけ食べれそうやし、魔法で馬車にして、自分で駆って好きなとこへ行けるし」

京香さんはまだ、サンドイッチを食べようとしない。孝子さんはまた口を開く。

「指輪は、あたしが自分で自分の道を決めて、これまで寄り添ってくれたもんや。京香ちゃんは、ええ運転手やった。これからは、いつでもどこでも、好きなとこへ行けるわ」

ゆっくりと、ようやくサンドイッチを口へ運んだ京香さんは、味わって、「おいしい」と微笑んだ。それから顔を上げ、わたしたちのほうを見る。

「カボチャの種、ありました」

確かめるまでもなく、笹ちゃんは指輪を引き出しから取り出し、彼女に歩み寄る。わたしは背後から覗き込んだが、サンドイッチの中に何かあるようには見えなかった。

指輪を受け取って、種を残すこともなくサンドイッチをすべて食べてしまうと、残っていたカボチャマリネのサンドイッチを買い込んで、ふたりは仲良く帰っていった。

「えっと……、笹ちゃん、カボチャの種って、本当に入れたの？」

「うん、細かく砕いた緑色の種、サンドイッチの断面に振りかけてあったでしょ？　外側の固い殻を取ったのがあれ。殻のままでも食べられるけど、中身だけのほうがソフトで味わい深いよね」

何かのナッツだと思っていた。食べ物の店で働いていて、これはない。自分でもあきれる。

「じゃ、カボチャの種は両方のサンドイッチに入ってたんじゃ」

わたしみたいに、カボチャの種だと知らなかったら、入っていないと思うだろう。たぶん孝子さんはカボチャ好きだから、両方に種が入っているとすぐにわかったはずだ。それでいて、笹ちゃんの提案に乗り、食べながらも最後まで黙っていた。京香さんも、なかなか食べなかったのは、きっと知っていたからだ。種に気づいていながらも笹ちゃんの提案を受けた孝子さんの気持ちを、どう考えるべきか悩んでいたのだろうか。

「種の入ったサンドイッチを食べながら、種に込めた意味を感じてくれればと思って」

そうして指輪をどうするか、お互いに心の中で決めたのだろうか。種が入っていると、指輪を受け取ると自分から言った京香さんは、何を感じたのだろう。

閉店の片付けをするために、わたしは店の外へ出る。公園側から建物の隙間を抜け、通りへ出した立て看板を畳んでいると、オレンジ色のタクシーが角を曲がっていくのが見えた。

フォーチュンタクシーはカボチャの馬車だという。とくべつなカボチャの種を手に入れた京香さんは、ひとりで進もうとしている。魔法をかけたカボチャの馬車を自分で駆って、お城の舞踏会へ？　きっともっと、ステキな場所へ。

2

わたしのお気に入り

川端さんのパスケースがかわいい。ライムグリーンのフェルト製で、二頭身のパンダが縫い付けられている。あきらかに手作りだ。わたしたちの店、『ピクニック・バスケット』へ、いつものように食パンを届けてくれた川端さんが、うっかりポケットから落としたのだった。急いで拾った彼は、何事もなかったかのようにポケットにしまい、さわやかな笑顔を残して去っていったが、わたしの頭の中はパンダでいっぱいになっていた。

「笹ちゃん、見た？」

隣にいた笹ちゃんも、不思議そうな顔で頷《うなず》く。

「パンダだったね。しかも食パンを抱いてたし」

川端さんのためにあつらえたかのようだった。

「あれっていかにも、女性の手作りだよね。もしかして、彼女、できたのかな……」

少し前には、彼女はいないと西野さんが言っていたが、川端さんはモテるから、いつ彼女ができても不思議ではない。

「訊《き》いてみようか？」

「え、ダメだよ。そんなこといきなり訊いたら変に思うよ」

「そう？」

本当のところはとても気になる。それだけに、知りたくないような。

彼女がいたからって、競おうなんて思わないし、川端さんと話せたらうれしいことに変わりはないし、失恋するのがわかりきっているのに無謀すぎる。だから今のまま、淡い想いにとどめておきたい。それなら、彼女がいてもいなくても関係ない。

「ま、彼女の手作りとは限らないよ。お母さんかお姉さんがくれたとか、パンダが好きだとか」

笹ちゃんは、わたしが少しずつ川端さんに惹《ひ》かれていっていることに気づいているのだろう。けれど、ちっとも慰めになっていない。これが小野寺さんなら、パンダ好きでも、どんなにかわいいものを持っていてもちっとも不自然じゃないが、川端さんでは無理がある。彼の好みがシンプルで洗練されているのは、お店を見ていればわかる。あのパスケースは、少々好みと違っていても、使いたいと思うような人からもらったものなのだ。

「あ、お客さんだよ。仕事仕事」

ドアのガラス格子の向こうに人影が見えて、わたしはさっと気持ちを切り替えた。笹ちゃんも仕事の顔に戻る。

「いらっしゃいませ！」

ドアが開くと同時に、三人組の女性客の視線は、サンドイッチが並んだショーケースに注がれる。品定めするキラキラした目と、浮き立つ気持ちがもれるおしゃべりに、わたしも笹ちゃんも自然と頬がゆるんだ。

笹ちゃんや川端さんみたいに、人の心を動かすものをつくれる人はステキだ。その仕事にしっかり寄り添えていると思えるから、わたしの毎日も充実している。

わたしは、『ピクニック・バスケット』と自分の仕事が好きで、周りの人も場所も、どんどん好きになっているところなのだ。たぶん、川端さんのことも。


その日は、パンダに取り憑《つ》かれていたのかもしれない。ランチタイムが落ち着いた時間に、パンダ柄のトートバッグを持った女性客がやって来た。やわらかいウエーブの髪にぱっちりした目、ピンクベージュのコートも短めのスカートも似合う、かわいらしい雰囲気の人だったが、サンドイッチの品定めには気合いが入っていた。

ショーケースの中を隅々まで見回し、顔を上げてわたしと目を合わせる。

「いちばん人気のサンドイッチって、どれですか？」

「タマゴサンドですね。ふんわり厚めの卵焼きをはさんでます」

今ひとつ惹かれなかったのか、彼女は小首を傾げた。

「野菜が入ってないんですね」

「野菜がお好きですか？　でしたら、ポテトサラダサンドや、カボチャサンドも人気ですね。ハムが入ってますけど、ハムキャベツ炒《いた》めのサンドイッチも野菜がメインです」

「うーん、ポテトもカボチャも、糖質が多いですよね。マヨネーズもオイルも、それなりにカロリー高そう」

ダイエット中だろうか。

「ここのサンドイッチ、どれもボリュームがありますね。ハムもタマゴもチキンも、メインの具材に存在感があって、パンも厚みがしっかりしてて」

「はい、食事としてしっかり食べられるメニューになっております。この辺りはオフィスビルが多いので」

満足できるボリュームで、忙しい仕事の合間に手軽に食べられる。それでいて、食べる楽しみも味わいたい。そんなお客さんが多いから、笹ちゃんは工夫している。仕方なくサンドイッチ、ではなくて、忙しい日もゆったりした日も、サンドイッチが食べたいと思えるように、見栄えも味も考えている。

「ああ、そっか。働いてる人のお腹を満たさなきゃですもんね」

それから彼女は、思い出したように名刺を差し出した。

「ところで、わたし、こういう者です」

名前は、岩下奈保《いわしたなほ》。フードライターと肩書きにある。

「女性向けに、おいしいお店を紹介してるんです。『ピクニック・バスケット』さんの評判もよく耳にしております。女性好みのサンドイッチ屋さんだとか？」

「ええまあ、女性のお客さんは多いですね。それで、野菜がメインのサンドイッチをお求めなんですか？」

「読者がそういったものを求めてるんですよね。それにこちらのサンドイッチ、『かわばたパン』の食パンなんですよね。だったらきっと、おいしいものをつくってるお店なんだろうなと思ったんです」

「『かわばたパン』、ご存じなんですね」

「川端さんとは、少し知り合いなので」

わたしの中で、パスケースのパンダと目の前の女性が唐突に結びついた。彼女のトートバッグがパンダ柄だからって、何の根拠もないのに、思いついたらもう、それが正解となって頭にこびりつく。

「わたし、あそこのパン、大好きなんです。そもそもパンが好きで、この業界に興味を持ったようなものなんですけど。今は、健康を考えた食べ物の記事をメインに仕事してるんです」

にっこり微笑むと、アイドルみたいにかわいらしい。女性らしいファッションも、ふわっとした空気も、きっと男の人にモテるだろうし、川端さんと並んでも見劣りしない。とってもお似合いに思えてくる。

「そういう方向の記事の評判がよくて、健康食品やダイエット関連の仕事が増えちゃったんですよね。それで、女性好みのいいお店をさがしてるんです。パンは食べたいけど、カロリーのことも考えたいって人に合うサンドイッチ、ないでしょうか」

困ってしまう。笹ちゃんのサンドイッチは、この店構えでも男性客だって少なくないし、働き盛りのお腹を満たしている。ボリュームはあるが、けっして体のことを考えていないわけじゃない。

「安心して食べてもらえる素材を選んでるので、あとは好みに合うかどうかでしょうか」

やんわりとわたしは反論するが、相手は納得していない。

「うーん、でも、読者が食べたい感じじゃないかも」

じゃあ、無理に取り上げてもらわなくてもいいんだけど、と言いたい言葉を飲み込む。話し込んでいたからか、笹ちゃんがキッチンから出てきて、レジカウンター越しに会釈した。

「あ、うちの店長です。こちらのお客さん、ライターさんなんですって」

いちおう、こういった取材などの決定権は笹ちゃんにある。わたしが見せた名刺を眺め、笹ちゃんはえくぼをつくった。

「好みのサンドイッチ、なさそうですか？　たとえば、岩下さんのいちばん好きな具材ってどんなものでしょう？」

笹ちゃんは寛大だ。わたしなんて、宣伝と営業担当なのに、面倒くさいお客さんにはすぐうんざりしてしまう。一人一人に真摯《しんし》に向き合い、おいしいものをつくろうとする笹ちゃんを尊敬しているし、誇らしく思う。

でも一方で、心配事も浮かんでくる。これで笹ちゃんは、ヘルシーなサンドイッチをつくろうとし始めるのではないだろうか。あまりにあっさりしたものは、うちのお客さんには受けないし、採算の問題もある。

「わたしの好みは関係ないので。あの、じゃあ今日のところは、そこのレタスのと、いちばん人気のタマゴサンドをいただいていきます」

レタスの、とはハムとチーズのサンドイッチだ。レタスがたっぷりだが、ハムとチーズもしっかり食べ応《ごた》えがある。ともあれ、これで納得してくれるならとほっとする。

「メニューはときどき変わりますので、よかったらまた見に来てください」

笹ちゃんを見習って、わたしも愛想よく言う。たぶん来ないだろうと思いながら見送ったけれど、笹ちゃんはそうは思わなかったようだ。

「サンドイッチを食べたら、またきっと来てくれると思わない？」

たしかに、どちらも定番だが自慢のサンドイッチだ。とくにタマゴサンドは、あれでお客さんを増やしてきたといっても過言ではない。けれど、彼女の口に合うだろうか。

「野菜メインが目的だったみたいだし、結局入ってるのはレタスだけだし、気に入るかどうかは」

しかし笹ちゃんは、ふふ、と不敵に笑っていた。

「こういうショーケースって、直接目で見て決められるから、わたし、好きなんだ。見ただけで何が入ってるかわかりやすいし、選ぶのも楽しいし、今度来たときはあれを食べてみたいとか、そう思ってもらえたらラッキーじゃない？」

ふと、サンドイッチが食べたくなったとき、『ピクニック・バスケット』へ行けばきっと、今の自分にぴったりのサンドイッチがあると思えるような。そんなふうにわたしたちは、いろんな気分に応えられるサンドイッチを考えている。彼女の記憶にも、ショーケースの中の何かが残っていたなら、また来てくれるかもしれない。

笹ちゃんは、雑誌で紹介してもらうことにはあまり興味がない。ひとつ、ふたつのメニューしか取り上げてもらえないからだ。ここへ足を運んで、並んだサンドイッチを確かめて、食べたいものを選んでほしいのだ。

＊

一日の営業を終え、夕方に『かわばたパン』へ寄ると、休憩時間だからと川端さんにコーヒー店へ誘われた。近くにある、カウンター席のみの店は、川端さんがいつも利用していて、わたしも何度か一緒に行ったことがある。というと、よく誘われているかのようだが、きっと誰に対しても同じような態度なのではないだろうか。西野さんもよく誘われるらしいが、断っているという。終業後にしろ休憩時間にしろ、上司と顔を合わせていたくない、という理由らしい。しかし、休憩時間の川端さんは、仕事中とは打って変わって穏やかなので、断っても気にせずまた誘ってくるという。

細長い店内の、細長いカウンター席に、お客さんはわたしたちだけで、川端さんはくつろいだ雰囲気だった。わたしも、静かな店内でとりとめもない会話を楽しんでいたが、ふとマスターが、割り込んできた。

「そうや川端くん、忘れんうちに返しとく。昨日これ、落としてってたやつ」

四十代くらいのマスターは、川端さんと親しいようだ。それはともかく、マスターが差し出したパスケースに、わたしののどかな気分は吹き飛んだ。パンダのアップリケがある、手作りのあれだったのだ。

「ああ、すみません。なくしたら困るところでした」

川端さんはほっとした表情で、ほこりを払うようにパンダを撫《な》で、ポケットに入れた。

「プレゼントですか？　パンダ、かわいいですね」

何も言わないのもどうかと思い、訊いてしまう。わたしにしてみれば、ちょっと恥ずかしそうな川端さんのほうがかわいい。

「似合わないでしょ。なんでパンダなんだか」

「そりゃ、パン屋やからやろ」

「えっ、そういうこと？」

マスターのありがちなダジャレに、真剣に驚いているのもかわいい。そうしてわたしは、西野さんがこの前言っていたことを思い出す。デートをすっぽかして、埋め合わせがどうとかいっていたのは、きっとこのパスケースをくれた彼女だろう。

いいなあ。わたしは純粋にうらやましかった。川端さんに、恥ずかしがりながら思い浮かべてもらえる人っていいなあ。

嫉妬心《しっとしん》がないわけじゃないけれど、むしろ優しい気持ちに満たされるのは、川端さんが高嶺《たかね》の花で、変に期待しないでいられるからだろうか。それに今は、これまでとは違う恋ができそうな気がするのだ。以前はただ、相手の気持ちがわからなくて不安になるばかりだったけれど、何よりまず、自分の気持ちを大切にしたいと思えるようになった。好きな人には、笑顔でいてほしい。好きなのに、相手を不愉快にしてばかりで、重いと思われた恋しかできなかった自分がいやだった。

川端さんに彼女ができたのだとしたら、やっぱり少し胸が痛むけれど、今は不思議と、人を好きになる自分を好きでいられる。

「しかし、パンダっていうと、奈保ちゃん思い出すな。どうしてるん？」

「さあ、僕はあんまり。でも忙しく食べ物の記事を書いてるんじゃないですか？」

はっとして、わたしは身を乗り出しつつ口をはさんだ。

「もしかして、岩下奈保さんですか？　フードライターの」

「そうそう、川端くんがフラれた彼女」

身を乗り出した上に、さらに前のめりになってしまう。

「違いますよ。変なこと言わないでください」

「あれ？　つきあってなかった？」

「ないです。うちの店を記事にしてもらったことが何度かあって、たまに飲みに行ったりしてただけで」

パスケースの人は、岩下さんではないのだ。自分の思い込みにあきれつつも、だったらどんな人なのだろうとますます気になった。

「でも川端くんはだいたい、積極的に来られてつきあうパターンやん。自分から行く必要ないわけやし」

え、そうなんだ。

「あの娘《こ》も積極的やったのに」

「なんか違うと思ったんじゃないですか？」

「じゃあやっぱフラれたんや」

「まあ、そんなもんですよ。僕に魅力がなかったんでしょう」

「顔はええのにな、一斤王子」

マスターは直球だ。ちょっと気の毒な川端さんは、わたしに話を振った。

「蕗ちゃん、岩下さんを知ってるんですか？」

「はい、記事にする食べ物をさがしてたのか、うちにも来ました。川端さんのパンが大好きで、うちで使ってるのを知ったみたいで」

「パンは変わらず、彼女にとって魅力的なんやな」

「ええ、定期的に買いに来てくれますからね。僕が店頭にいない時間帯ですけど」

川端さんは、フラれたってパンのファンが減らなければいいのか、気にしていないようだ。それはある意味、近づいてくる相手にあまり思い入れがないのだろう。たぶん、そういう人は数え切れないから。

「だけどうちのサンドイッチは、ピンとこなかったみたいです。パンは食べたいけど、具材の肉や油が今ひとつつらしくて。野菜にこだわってました」

「ふうん、岩下さんは野菜メインの料理を追求する店を取り上げてるからね。でも彼女自身は、肉も脂っこいものも好きみたいやけど」

「え、そうなんですか？」

「パンが好きなのはたしかで、よく食べてたし、うどんやお好み焼きも。あ、粉もん好きかな」

「じゃあ、好きなものを食べれて、仕事になるってわけじゃないんですね」

コーヒーと一緒に頼んだドーナツを、わたしは一口かじる。濃い甘さが口いっぱいに広がるが、コーヒーと合うからここではつい頼んでしまう。

「たしかに、食べるのが仕事だと、好みに関係なく食べなきゃならないから、たまには思いっきり好きなものを食べたくなるか」

「川端さんも、パン以外のもの食べたくなります？」

「ラーメンやカレーやおにぎり、よく食べてるなあ。でも、朝はパンだし、休日でもパンが食べたいときもあるし、結局いろんなものを食べたいんですよ。蕗ちゃんは？」

「わたしも、パンもご飯もどちらも食べたいし、いろんな料理を食べて、おいしいなって思うと、サンドイッチに合うかもって考えたり、ヒントになるとうれしいですね」

「ああ、たしかに。僕も、好きなものを好きなときに食べて、おいしいって思うことがパン作りの原動力になってる」

食べ物ってすごい。誰かがおいしいものをつくれば、それがまた、おいしいものを生み出す力になる。笹ちゃんの店を手伝い始めて、わたしは食べ物の向こう側にいる人を想像するようになった。誰かの努力が詰まったものを味わうのが楽しくて、食べるのが楽しい。

「蕗ちゃんは、いつでもおいしそうに食べるなあ」

話しながらも、ドーナツとコーヒーを堪能《たんのう》していたわたしは、頬杖《ほおづえ》をついた川端さんにじっと見られていたことに気づかなかった。目が合うと、あたふたしてしまう。

「おいしいんだから当然ですよ」

そう答えるのがやっとだ。

以前は太るのを気にして、甘いものを控えたりしたこともあるけど、今はほとんど気にしていない。でないと、お腹がすいて仕事に集中できないからだ。ずっと立ちっぱなしで体を使うのだから当然だ。笹ちゃんもわたしも、動き回っているから朝も昼もたくさん食べる。買いに来てくれるお客さんも、働いている人が多く、お腹をすかしてやってくる。

やっぱり、岩下さんが求めるサンドイッチは、『ピクニック・バスケット』には合わないのではないか。

笹ちゃんが言うように、彼女はまた来るのだろうか。

川端さんはまだこちらを見ている。たぶん、わたしがコゲの日なたぼっこをニマニマ眺めているようなものなのだろう。

＊

奈保が会社へ戻ると、すでに午後七時を回っていたが、雑居ビルの一室はまだ明るかった。情報誌の編集部に在籍している奈保は、疲れ切った体でよろよろと自分のデスクにたどり着き、腰を下ろす。

「おかえり、岩下さん」

書籍でできた山の向こう側で声がした。社員のひとり、今井《いまい》だ。社員は五人しかいない小さな会社で、主にウェブ雑誌を発行している。

「お疲れさまです。今井さん、何食べてるんですか？」

スイーツ関連に詳しい彼は、いつ見ても何か食べていて、少々ふくよかだ。

「コンビニの新作プリン。おいしいよ。岩下さんも食べる？」

「いえけっこうです」

仕事で食べる量を考えると、余計なものを食べるわけにいかない。太りやすい体質なのは自覚している。

「どう？　収穫あった？　外食ダイエット」

外食は偏りやすいし、どうしても脂質や糖質が多くて、ダイエットには不向きだ。けれど忙しい社会人にとって外食は必須《ひっす》だから、そういう企画が持ち上がった。

「まあ、それなりに。あとは、見栄えのいいサンドイッチを買ってみたんですけど、これから試食します」

これが晩ご飯代わりになりそうだ。空腹なのにどういうわけか最近、食欲がわかない。三十代になり、二十代のようにはいかないということだろうか。

パラフィン紙に包まれたものは、シンプルなハムとチーズとレタスのサンドイッチだ。極薄切りのハムを重ねてあるので、やわらかいパンと同じくらいソフトな口当たりだ。シャキシャキしたレタスの食感を楽しみながら、まろやかなチーズも口の中に広がると、なんだか楽しくなってくる。

おいしい。と思うと同時に食欲もわく。一気に食べ終えてしまったが、空腹が満たされると疲れていた体にも力が戻ってくるようだった。

頭が働き始めると、食べたばかりのサンドイッチについて、逆に気になることが浮かんできた。パンにはバターがしっかり塗ってあった。たしかにレタスはたっぷりだったが、チーズも多めだったのではないか。もうひとつ買った、タマゴサンドをじっと見る。いちばん人気だというが、こちらは定番すぎて目新しくはないし、どう見てもダイエット向きではない。

「今井さん、タマゴサンド食べません？」

「ええの？　岩下さんの晩ご飯ちゃうん？」

タマゴ好きの今井の目が輝いた。

「わたし、こんにゃくサラダも試食しなきゃならないんで」

梅味、柚《ゆず》味、わさび味、と三種類もある。なんだかまた、食欲がなくなる。定番のダイエットフードだが、奈保はあまりこんにゃくが好きではないのだ。

近頃、食べることを楽しめなくなっている。好きではじめたフードライターの仕事だけれど、仕事のために食べていると、本当においしいのかどうかよくわからない。たまたま、雑穀米や野菜をメインに使ったヘルシーなカフェご飯を特集した記事が当たり、その系統の仕事が増え、そのまま似たテーマのものを書き続けている。

めずらしい食材、低カロリーで体にいいもの、流行《はや》りもの、おしゃれで意識の高いイメージ、スムージー、チアシード、発酵食品、フルーティなお酢、読者に引っかかりそうなものをさがしながら、あれこれと口へ運ぶけれど、そもそも自分は健康や体作りに関心があったわけではない。食べるのが楽しくないのは意外にもつらい。

「このタマゴサンド、めっちゃうまいやん。どこの？」

奈保が考え事をしている間に、今井はもうタマゴサンドを食べ終えていた。

「靫公園の、『ピクニック・バスケット』っていうサンドイッチ専門店です」

「あー、レンガ色の店や。かわいい外観やから入ったことなかったわ。そやけどこれ、案外ちゃんとした食事になるなあ。タマゴもパンも厚みがあって、しつこくないのに満足感があるわ」

「そうなんです。食事のサンドイッチなんですよ。ここのを食べてダイエットは難しいですよね」

「ダイエット中の人は、パンを残すんやろけど」

「それじゃあもったいないです。『かわばたパン』の食パンを残すなんて」

「『かわばたパン』、ああ、めっちゃイケメンの、一斤王子のとこな。岩下さん、ファンやっけ?」

「ええ、パンの」

「王子の、やなくて?」

「はい、パンの。わたし、パンとパンダが好きなんです」

王子はもちろんかっこいいけれど、あの人は、鑑賞しているのがいちばんだ。モテるから、近づいてくる女性はきっといっぱいいて、奈保もそんなひとりだっただけ。積極的に近づいてみたけれど、興味を持ってもらえなかった。

思えば奈保は、外見から一目惚《ひとめぼ》れしてしまうことが多い。ステキだなと思うと、気持ちが前に出てしまい、話しかけたり食事に誘ったりする。そうしているうちに親しくなって、つきあうことも少なくないのだけれど、たとえつきあいはじめても、奈保が誘うばかり、相手からのアクションがなかったりで、惰性で一緒にいるだけのように感じてしまう。そういうとき、奈保が連絡しなくなると、そのまま終わってしまうのだ。

どうして、好きな人に好きになってもらえないのだろう。だんだん、誰かを好きになることもできなくなってきている。

本当に好きなのかどうかよくわからない。何がおいしいのかわからなくなったように。

「今度この店へ行ったら、別のおいしそうなサンドイッチ買うてきてくれへん？」

「たぶんもう行かないです。記事になりそうにないから」

「残念。でもひょっとしたら、プライベートで行くかもしれへんやろ？　岩下さんがおいしそうって思うやつ、頼むわ」

　今井の好みは、タマゴ好きとしか知らないし、奈保の目につく料理は取材対象ばかりで、おいしそうかどうかよくわからない。あの店のかわいい外観は、今井にとってそんなに入りづらいのだろうか。

　仕事に取りかかることにしたらしい彼は、背中をまるめ、ノートパソコンに向かう。後ろ姿がパンダみたいだった。

＊

　もしかしてあれは、岩下さんではないだろうか。江戸堀《えどぼり》にある小さなケーキ店の前を、行ったり来たりしている女性を見つけ、わたしはつい観察してしまった。通り過ぎつつも、店の中を凝視しているのがわかる。岩下さんは、今日もパンダ模様のトートバッグを肩にかけ、スマホを片手に持ったままだ。やがてあきらめたように向きを変え、こちらへ向かって歩き始めた。ちょうど顔を合わせることになってしまったわたしは、戸惑いながらも「こんにちは」と笑顔をつくる。岩下さんは怪訝《けげん》そうな顔で立ち止まった。

「『ピクニック・バスケット』の者です」

「ああ、そういえば……。ポニーテールの店員さん？　思い出しました」

「今日はケーキの取材ですか？」

「あ……いえ、買おうか迷ってしまって」

まだ少し未練がありそうに、彼女は振り返る。

「おいしそうですもんね。通りかかるとわたしもよく覗《のぞ》いてしまいます」

しかし彼女は、急に考え込んでしまった。

「わたし、甘いものはあんまり好きじゃなかったんです。でもなぜか、このごろ目が行くんですよね。太りやすいから気をつけてるのに、苦手なはずの甘いものを食べるなんて馬鹿げてるでしょう？　それに、取材のためにたくさん食べてるから、お腹がすいてるわけでもなくて。好きなパンも、最近はハード系のものばかりだし。よくかんで食べたほうが食べ過ぎないじゃないですか」

立ったまま、意外にも岩下さんは話し込む。たまたま話したい気分だったのだろうか。『かわばたパン』は、おいしいけどソフトだから、食べ過ぎないように気をつけなきゃいけないんですよね」

それとも、『ピクニック・バスケット』では川端さんのパンを使っているから、彼の話をしたかったのかもしれない。

「でも、川端さんのパンは好きなんですよね」

「もしかしたら、川端さんがステキだから、通うために食べてたのかもしれないです。だけど、ああいう人は、見てるだけがいちばんかもですね。砂糖とクリームたっぷりのケーキと同じ。わたしには合わないっていうか」

少しわかる気がした。川端さんのパンが好きだから、川端さんも好きになってしまうのは無理もない。けれど見てるだけでは、『かわばたパン』のおいしさはわからない。川端さん自身も、外見だけではわからない。岩下さんは、どこまで彼のことを知って、見ているだけがいいと思ったのだろう。

それに、川端さん自身は、岩下さんのことをどう思っていたのだろう。誘われ慣れていても、いろんな女性にモテても、いやな相手だったら飲みに行ったりするはずがない。

「どうして合わないと思ったんですか?」

いろんなことが気になって、つい訊いてしまう。

「自信と余裕のある人って、そういうのがないわたしには疲れるだけだったんです。何度か会ってみても、相手の気持ちがわからなくて。こちらが好きになるばかりって感じ。もしこっちが連絡しなかったら、ずっと連絡ないのだろうなと思ったら、やっぱりそうでした」

それは身につまされる。いつも自分が連絡するばかりで、相手からはない。不安になってしつこくしてしまったら嫌がられるし、だったらと我慢してみても、ますます放置されてしまう。重いとか面倒とか言われ、フラれてからは、自分から好意を示すことに、ますます臆病《おくびょう》になっている。

でも、彼女が離れていったことを、川端さんは、自分に魅力がなかったからだと言っていた。それなりに傷ついていたのではないのだろうか。

「だから、やわらかいパンは合わないんです」

「うちのサンドイッチも、合わなかったですか？」

考え込んで、岩下さんは困ったようにつぶやいた。

「それは……、おいしいとは思ったんですけど、このごろ、何が合うのか、食べたいのか、本当によくわからないんです」

＊

店へ戻ると、笹ちゃんが小野寺さんと談笑していた。いつものように、トレーにはコロッケサンドとコーヒー、足元にはまるくなったコゲと、変わらない風景だ。

「いらっしゃいませ、小野寺さん」

「やあ蕗ちゃん、お帰り」

すっかりゆるんだ顔の小野寺さんがこちらを見る。今日のネクタイはピンクのパンダ模様だ。このところ、わたしの周りはパンダがあふれている。気になるからつい目が行ってしまうのだろうか。

じっと見てしまっていたら、小野寺さんが視線に気づいたのか、自分のネクタイとわたしとを交互に見た。

「これ、変かいな？」

「いえいえ、パンダのネクタイ、似合ってます」

「ありがとう。でもこれはレッサーパンダなんやで」

ええっ、とよく見れば、しましまの尻尾《しっぽ》があった。わたしときたら、何でもパンダに見えてしまうらしい。

「小野寺さん、川端さんって、最近彼女ができたんですかね？」

パンダで思い出したのか、笹ちゃんは、唐突に、しかも無邪気に訊く。わたしのほうがびっくりしてしまう。

「えっ、そうなん？」

小野寺さんもびっくり顔だ。

「いえ、モテるはずなのに、噂も何も聞こえてこないのが不思議で」

わたしは急にドキドキしてしまって、答えを聞きたくなくて、カウンターの内側へ急ぐ。エプロンを身につけながら、それでも会話は聞こえるし、聞いてしまう。

「ああ、そやなあ。今は仕事ひとすじなんちゃう？」

情報通の小野寺さんの耳に入っていないならと、わたしはとりあえずはほっとしている。そして同時に、岩下さんの顔が浮かぶ。彼女は合わなかったと言ったけれど、「合う」と「好き」とは違うのだろうか。合わなくても好きになることはないのだろうか。

「小野寺さんは、コロッケサンドのほかには何が好きなんですか？」

急に話を変えてしまったけれど、小野寺さんはすぐに乗ってきてくれる。

「そりゃオムライスや。うっすい卵焼きでまんべんなく包んだやつ」

「あー、わかります。わたしもしっかり焼いた卵でくるみたい」

笹ちゃんも賛同するが、めずらしくわたしは同意できなかった。

「えー、わたしはふわトロの半熟がのっかってるやつが好きだな」

「あれはあかん。ケチャップで絵が描かれへん」

「そうそう、子供のころは絵とか文字とか描けるのがうれしかったんですよね」

たしかに、笹ちゃんはケチャップでいろいろ描いていたなと思い出す。わたしのにも、ヒマワリやら星やら描いてくれたけれど、絵心のないわたしはすぐにぐちゃぐちゃにしてしまったものだ。だから、最初から崩れている半熟がいいのかもしれない。

「笹ちゃんは何描いたん？」

「得意だったのは、蕗ちゃんの似顔絵」

「えー、あれは全然似てなかったよ！」

「ほんなら今度、僕が描いたるわ。蕗ちゃんなら、丸描いてチョン、やろ？」

「そう、それでそっくりになるんです」

失礼な、と思いながらも、笹ちゃんが小野寺さんと意気投合しているのが新鮮だった。案外気が合うんじゃないだろうかと思ったりしたわたしは、また「合う」ってなんだろうとの疑問に包まれた。

「わたし、そんな単純な顔じゃないから」

「いやいや、似顔絵に重要なのはバランスや」

「もういいです。とにかく、わたしが訊きたかったのは、好きな食べ物とか、今これが食べたいとか、ふつう自分でわかりますよね？　ってことなんです」

笹ちゃんと小野寺さんは、そろって首を傾げた。

「岩下さんにばったり会って、その場でいろいろ話を聞いてたら、そんなことを言ってたのが不思議で」

「岩下さんって、フードライターの？　蕗ちゃん、話し込んでたから遅かったのね」

「ふうん、フードライターさんと友達なんや？」

「いえ、この前、一度店に来たことがあるだけの人なんですけど」

「蕗ちゃんは、人におぼえられやすいし、初対面でもよく話が弾んだりしてるよね」

「そういやそうやな。なんか話しやすい雰囲気なんや」

「え？　そう？」

「気づいてなかったの？　お客さんともよく話してる。わたしひとりの時は、買って帰るだけだった常連さんとも仲良くなってるし」

お客さんと話すのは、ふつうのことだと思っていた。たしかに店内では、わたしばかりが話しているような気はするが、それは売り子だからだ。笹ちゃんは調理のためにキッチンへ出入りするし、常に接客するのはわたしだから。

「それで、岩下さんは自分の食べたいものがわからないの？　この前買ってくれたサンドイッチは、どうだったんだろ。何か言ってた？」

笹ちゃんとしては、お客さんの感想はどうしても気になるところだ。

「うーん、よくわからなかったみたい。結局、太りそうなものは合わないってことなのかな。でも、甘いものは苦手なのに、最近食べたくなるんだとか、どうなってるんだろ」

「そりゃ、ややこしいな」

小野寺さんの足元で、コゲが鳴く。ゴロンと転がって、焦げたトーストみたいなお腹を撫でろと主張している。小野寺さんは身をかがめてコゲを撫でながら目を細める。

「コゲはええな。食べたいものも自分に合うものもちゃんとわかるもんな」

「合うものがわかるんですか？　出されたフードを食べてるだけじゃ……」

コゲが体のことを考えながら食べているとは、わたしにはとても思えない。

「ちゃうちゃう。コゲは体に必要なものを嗅《か》ぎ分けてるで。匂いで草を選んでるし、水も噴水や雨水やで味がちゃうんやろ。何カ所か梯子《はしご》するんや」

「たしかに、混ぜたカリカリ、いらない粒だけ残すよね。残さないときもあるのに」

笹ちゃんが大きく頷きながら言う。

「まあ、人かて同じやな。汗かくと、しょっぱいものが食べたなるし、疲れると甘いもんがほしくなるし、案外、おいしそうに見えるってことは、体がほしがってるんかもしれへん」

食べ物って不思議だ。ただお腹いっぱいになればいいわけじゃない。食べる前からウキウキして、食べたらお腹も気持ちも満たされる。そんな食事が、ちゃんと体に必要なものなのだとしたら、わたしたちは幸せだ。そうしてこの仕事は、誰かの幸せに手を貸せるのだ。

「体のゆうてること、ちゃんと訊けたらええのにな。どのくらいお腹がすいてるかも、食べ過ぎかどうかも、ホントは体が知ってるんやろに、わからへんから体壊してまう」

「なんとなく間食したり、満腹なのについ食べたり飲んだり、体を無視してるってことなんでしょうね」

いらないものを食べても、いいことはひとつもない。おいしくも楽しくもないし、体調だって悪くなるだろう。やっぱり食べ物は不思議だ。

「体がしゃべってくれたらいいのに」

わたしが言うと、小野寺さんは笑う。

「そやな、こいつときたら腹の虫を鳴らすくらいや」

つられてわたしも、笹ちゃんも笑う。

小野寺さんはいつでも、ゆったりした空気をまとっている。その空気で、周囲の人も包んでしまうから、近くにいるだけで気分もゆるむ。たぶん、笹ちゃんの周りにあるものみんな、小野寺さんは穏やかに受け止めている。

好きっていいなあ。小野寺さんを見ているとそう思う。誰かを好きでいることを、自分の中で何より大切にできるなら、その気持ちは、通じても通じなくても、自分を傷つけたりしないのだろうか。

「岩下さん、また来てくれないかなあ。今度は仕事じゃなくて、自分のものを買いに」

「うちのは合わないみたいな感じだったけど」

「ちゃんと体の声を聞けば、合うのもあるかもしれないでしょ？」

そうだったらうれしいのはわたしも同じだ。でも、どういうサンドイッチが彼女に合うのか、わたしには想像もできない。笹ちゃんは、もしかしたらお客さんの体の声も聞こえているのだろうか。

＊

「ちょっとご飯食べていけへん？」と今井に誘われ、奈保は天満《てんま》の居酒屋へ行く。魚がメインの店は、先日アップしたウェブ雑誌にも載せたところだ。

「ここ、岩下さんのおすすめやろ？　原稿読んで、来てみたくなったんや」

「今井さん、魚も好きなんですか？」

「何でも、おいしいもんは好きやで。お、カキフライあるやん。人気みたいやな」

メニューを隅々まで眺め、今井は笑みを浮かべる。フライは記事には載せていない。奈保のおすすめは西京焼《さいきょうや》きだ。

「フライは高カロリーですよ」

「まあええやん。岩下さん、何にする？」

「シーフードサラダで」

サラダといっても、魚やイカ、エビにホタテも入っていて立派なおかずだ。今井は他にもあれこれ頼み、まずはビールで乾杯した。

「今回の記事も、社長が褒めとったで」

「ありがとうございます」

「あんまうれしそうやないな」

「いえ、ただ……、本当に読者のためになる記事なのか、最近わからないんです」

「〝ヘルシーに楽しむ外食〟、そういうのを求めてる人には、ええ情報なんちゃう？」

「頼むのは一品だけにするとか、一時間だけなら食べ過ぎないとか　それで本当に楽しいんでしょうか」

今井みたいに、テーブルにはたっぷり料理を並べ、みんなでワイワイと味わいながら、時間を気にせず食べたいではないか。

「人それぞれの楽しみかたでええやん」

「まあそうですけど」

「岩下さんは、どっちが楽しいん？」

どうだろう。自分のことを考えようとすると、魚料理はピンとこない。ひとりで、あるいは誰かと、よく食べていたのはこういう料理じゃない。

「今井さんは、魚と肉はどっちが好きですか?」

答えられないから質問でごまかす。

「正直言って肉やな。二十代のころは焼き肉ばっかり行ってて、どんだけ肉食べても痩《や》せてたんやけど」

痩せている今井が想像できなくて、奈保は考え込む。察したように、彼はスマホの写真を見せる。

「これ、今井さんですか? うそ、わりとかっこいい?」

「わりと、かいな。まあええけど。だいたい、見た目なんて年月とともに変わって当然やろ? 中身は同じやのに、変な話や。太ったけど、健康診断受けてて問題ないレベルやったらええわと思てる」

「でも、痩せたらモテるんじゃないですか?」

「その頃もべつにモテへんかった。技術系の仕事やったから、まわりに女性がおれへんし。外見だけではモテへんやろ」

奈保は、太ったからという理由でフラれたことがある。

「そう、ですよね。たぶん、フラれるには外見とは別の理由があったんですよね」

そのとき彼は、別の女性に気持ちが移っていたらしいと、後になって友達から聞いたのだった。

「あ、わたしの話ですよ。太って魅力がなくなったって言われたから、そのとき真剣に痩せようとしたんです。見返してやるって」

余計なことを話している。奈保はビールをあおる。

「岩下さんは、肉と魚とどっちが好き?」

今井は、奈保のどうでもいい話を聞こうとしてくれている。

「わたしも、肉系ばっかり食べてました。肉っていうか、ジャンクフード? ハンバーガーやピザ、豚まんとか唐揚げとか。お金もなかったし、デートはそんな店ばかり」

思い出すと、脂っこくてストレートな味がよみがえってくる。胸焼けしそうなものなのに、パワフルな学生生活はどれほどの高カロリーも消費した。

「でも、おいしかったな」

しみじみとそう思う。好きな人と食べていたから。彼もわたしも、なによりそれが食べたかったから。

「痩せるために、そういうの食べるのはやめたん?」

きっかけはそうだった。けれど、それで痩せたわけではなく、就職して忙しく働いていたら、自然にスマートになったのだ。

「でも、新たに好きな人ができると、ごはんに誘うじゃないですか。そしたらやっぱり、ガッツリしたものに目が行くし、男の人はそういう料理が好きだしで、また食べちゃって。太ったかなって落ち込んだら、なんかもう、恋愛もうまくいかない気がして、はっきりフラれる前に離れたりしました。今は誘う人もいないので、ヘルシーなんですけどね」

食べ物の記事を書くようになり、世間に求められているような流行の料理を模索しているうちに、なんとなく遠ざかってしまった。

結局、ファストフードの食べ過ぎでフラれたから食べなくなって、パン屋さんにフラれたからまた節制して、自分でもあきれるくらい単純だ。そのうち、食べるものがなくなってしまうのではないか。

肉やパンを避けるのは、けっして嫌いになったわけじゃない。それを好きだったときの自分が、好きになれないだけなのだ。

「彼氏も見る目ないな。そいつかて、歳取りゃしわもできるし腹も出るし、ハゲるかもしれんのやで」

想像した奈保は、つい笑ってしまった。彼も三十になっているのだから、学生時代と同じではいられないだろう。

「だいたい、かわいい人は太っても痩せてもかわいいやんか。あ、今のセクハラちゃうで。なしな」

今井は照れくさそうにカキフライを口に運んだ。久しぶりに奈保は、食事を楽しんでいる。料理もお酒も心地がいい。のぼせるような感覚ではなく、ぽっと胸があたたかくなって、料理だけでなくこの時間そのものが、心に染み入る。

「もずく、うまいで」

差し出されたら、素直に食べる気持ちになれる。

「ほんと。あ、このアサリの酒蒸しも絶品ですよ」

「どれどれ。うん、やっぱうまい店は何でもうまいわ」

やたらおいしそうに食べるこの人と、もっとおいしいものを分かち合えたら楽しいに違いない。そのとき奈保は、今井のためにおいしそうなサンドイッチを買いに行かなきゃと、真剣に考えていた。

＊

朝、川端さんが焼きたてのパンを持ってきてくれる。一抱えもある大きな食パンは、見ているだけで、わたしを幸せな気持ちにさせる。ただ自分が食べるためのパンではないのに愛《いと》おしいのは、仕事だからだ。このパンを、もっとステキに、おいしそうにして、わたしたちの店に並べたい。ショーケースを眺めて、目を細めるお客さんに胸を張りたい。そりゃあ、サンドイッチをつくるのは笹ちゃんだけれど、わたしのアイディアだってちょっとは含まれている。

「ここへ来るの、楽しみなんですよ。うちのパンが、こうやっておいしそうな料理とひとつになって並んでるのが見られて」

それに、川端さんが喜んでくれるのもうれしい。

「他のところは、レストランや喫茶店なので、お客として注文しないと、出来上がった料理は見られませんからね」

「そういえば。じゃあ好きなだけ見ていってください。きめ細かくて白い切り口、すっごく重要なんですよ。具材の色合いをくるんで引き締めるんですよね。それだけで、何倍もおいしそうに見えるんです」

笹ちゃんに教えてもらったことだが、ちょうど笹ちゃんはキッチンにこもっているので、わたしが主張しても許されるだろう。

「色だと、このタマゴ焼きの黄色、好きなんですよ。白いパンに包まれてると、ふっくらしたタマゴがすごく幸せそうに見えて。僕のパンも喜んでるみたいで」

わたしもいっしょになってショーケースを覗き込む。そんなふうに聞くと、そんなふうに見えてくる。

「それで、いちばん人気なんでしょうか」

「食べるとまた、幸せが増すよね。タマゴの弾力と、口の中でほぐれる感じが、パンのしっとりふんわりしたところと軽く焼いたサクサクしたところと、もうなんともいえない贅沢《ぜいたく》な気分になれる」

「お似合いのカップルみたいですね」

わたしの恥ずかしいつぶやきに、川端さんは極上の微笑みを向けてくれる。

「あれ？　ショーケースの前でいちゃいちゃしてる？」

突然の笹ちゃんの声に、わたしはあわてて姿勢を正す。

「さ、笹ちゃん、変なこと言わないでよ」

「お似合いのカップルがどうとか、微笑み合ってたから」

「それはタマゴサンドの話なの！」

笹ちゃんは不思議そうな顔をしつつも、サンドイッチが入った箱をわたしに手渡す。

「これ、花屋さんの教室へ届けてくれる？」

生花店の二階にある、フラワーアレンジメントの教室だ。たまにみんなでお昼を食べるらしく、注文があるのだ。

「オッケー、じゃあ行ってきます」

「あ、僕もこれで」

エプロンを外したわたしは、川端さんといっしょに店を出ることになる。笹ちゃんが、ドア際のわたしに言った。

「蕗ちゃん、川端さんに訊いてみたら？　オムライスはどっち派か」

タマゴつながりで思い出したのだろうか。笹ちゃんが唐突なのはよくあることだが、川端さんは疑問で頭がいっぱいになったことだろう。店の外で、「何のこと？」とわたしに問う。

「ええと、薄焼きタマゴでしっかりくるんだのと、ふわトロタマゴに覆われてるのと」

「ああ、それはこだわりたいところですね。僕は、ふわトロかな」

「あ、わたしもです。笹ちゃんと小野寺さんは、薄焼きなんですって。仲間がいてよかったー」

「小野寺さんと笹ちゃん、好みが合うんだ。案外お似合いなんかも」

わたしたちも？　なんて頭に浮かび、あわててかき消す。

「でも小野寺さんは、わりと態度に出すのに、ちゃんと告白とかしないんですよね」

笹ちゃんに好きな人がいたことを知っていたから、一歩引いていたのだろう。だから笹ちゃんは、小野寺さんの好意を単にサンドイッチを気に入ってくれているだけだと、軽く受け止めている。でももう、前の彼とはちゃんと別れたのだから、小野寺さんにもチャンスはありそうだ。

「そりゃあ、ちゃんと告白するのは勇気がいるから」

ふだん親しくしてても、友達として仲がよくても、告白するのは怖い。フラれたこともうまくいったこともあるけれど、わたしの場合、自分から好きになった相手はだいたい、わたしのことをそれほど好きになってくれなかった。でもたぶん、わたしが〝好き〟の差を気にしすぎていたのだ。同じくらい〝好き〟でなくても、もう少しお互いに歩み寄れたらよかったのかもしれない。

川端さんでも、勇気がいるんですか？　彼が何を思って、告白するのは勇気がいると言ったのか、今どんなことを考えているのか、知りたかったけれど、結局わたしは黙っていた。

「あ、今の、告白したことないくせにって思うでしょ？　この前、マスターが変なこと言ったけど、あれ、ひどいな。まるで僕が軽薄なやつみたいだ」

いつも、積極的に来られてつきあうパターンだと言っていた。自分から行く必要ないからと。

「そんなふうに思わないです。どんなふうに始まっても、いい恋ができればステキだと思います」

「そっか。でもそれも簡単じゃないなあ」

「ですね」

わたしなんて、思い出したくない恋のほうが多い。好きになればなるほど、相手がわたしを見下すのはどうしてだろう。恋は駆け引きで、好きになったほうが負け、釣った魚に餌はやらない、みたいな言葉もよく聞くけれど、わたしはよく、そういう目に遭う。

好きだから、我慢するけれど、それが重いらしく、結局ダメになる。

「実を言うと、本当にないかもしれない。告白」

川端さんがぽつりともらし、わたしの回想は一気に消えうせた。そんな個人的なことを、彼が口にするのははじめてだから、サンドイッチが入った紙袋の、持ち手が汗でふやけないか気になるくらいドキドキした。

「好きになるのに時間がかかるんです。いい人だなと思っても、まずは相手をよく知りたいっていうか」

パンダのパスケースの人は、よく知って好きになった相手なのだろうか。

「でも、時間がかかると、相手は僕のことを知って、そんなにかっこよくないとか思うみたいで。わりとモテないんですよ」

川端さんをよく知って、もっと好きになった人が、あれを作ったのだろうか。

「川端さんはかっこいいですよ。わたしは、働いてる川端さんしか知らないけど、毎日見てて、いつもかっこいいと思います」

彼が立ち止まったのは、お店へ戻るための曲がり角だったからだ。もっと一緒に歩きながら、もっと話したかったけれど、わたしはサンドイッチを届けに行かなければならない。

「ありがとう。プライベートは見せないほうがいいかな。蕗ちゃんには幻滅されたくない」

うれしそうでいてちょっと困ったような、複雑な笑顔だった。

「けど、蕗ちゃんと好みが似ててよかった。おいしいものつくったら、蕗ちゃんも気に入ってくれるってことやから」

なんだろう。わたし、妙にふわふわしている。歩き出しても、足元がスキップになってしまいそうな、変な感覚だ。そんなふうだから、しばらくのぼせてしまっていて、生花店の前を通り過ぎていた。

相手をよく知りたいから時間がかかると言った川端さんは、プライベートでも真面目なのだろう。パンダ模様のパスケースを、ちゃんと使おうとするのだから。

うらやましいな。時間をかけて好きになってもらえるなんて。なんとなく浮かんだ言葉が、胸の奥を泡立たせる。うらやましいんだ、わたし。

お店をやっているからには、たくさん売れるのは何よりうれしいが、ショーケースにたっぷり並べた、花畑みたいなサンドイッチが、減っていくのは少し寂しい。何が売れるか、売れ残るかの予想は難しく、均等に売れてくれればいいものを、二、三種類がやけに残っているなんてことはよくあるのだが、売れ残り感は出したくない。

ランチタイムのピークを過ぎると、わたしはショーケースの中を並べ直し、なるべく質素に見えないように工夫する。遅めのお昼を買いに来る人もいるので、売れそうなものは補充する。ついでに、おやつ系のサンドイッチを目につきやすく置いてみたりする。

「蕗ちゃん、トンカツサンドまだある？」

笹ちゃんがキッチンから売り場へ出てきて、ショーケースを覗き込んだ。

「あー、もうないけど、追加するの？」

「うん、まだ売れるでしょ」

このごろよく売れている。食欲の秋だからだろうか。他のものも売れ行きを確認している笹ちゃんの横で、わたしはパソコンを開く。メールが届いているので確認すると、フラワーアレンジメント教室の先生からだった。

「あ、笹ちゃん、フラワーアレンジメントの教室、またランチの注文くれたよ。来週だって」

メールには、何やらリンクがくっついている。開くと、つながったのは情報系のウェブ雑誌のようだった。

「あ、それ、生花店のことが取材されて載ってるらしいよ」

「へえ、ここのお花屋さん、おしゃれな雰囲気だもんね」

目次のページを開いた笹ちゃんは、生花店の記事を見るのかと思ったが、別のタイトルに目をとめたようだった。

「〝ヘルシーに楽しむ外食〟って、この前のフードライターさんの記事じゃない?」

岩下さんだ。そういえば、彼女の会社が発行しているのは、このウェブ雑誌ではないか。見てみると、たしかに岩下さんが書いた記事で、野菜や魚がメインの店が取り上げられている。居酒屋でも、軽めのメニューを選ぶ工夫などが、写真とともに紹介されていた。

「あれから来てくれないね」

「まあ、彼女が追求してるテーマに合ってないからね」

レストランなら、サラダだけを頼むことも、トッピングやドレッシングを減らしてもらうことも、ハーフサイズも可能だけれど、サンドイッチではそうもいかない。

「来てくれそうな気がしてたんだけど」

「でも笹ちゃん、彼女が求めてるようなサンドイッチ、つくらなかったじゃない」

気になるお客さんがいると、笹ちゃんはいつも、その人が食べたくなりそうなサンドイッチを考える。試行錯誤してつくろうとし、また来てくれるのを心待ちにする。岩下さんのことは、少し気になったようだったけれど、それほどでもなかったのだと思っていた。

「だって、つくる必要はなさそうだったから」

どういうことだろう。首をひねっていると、店のドアが開く。お客さんだ、とわたしはサッと仕事モードに戻る。

「いらっしゃいませ」

入ってきたのは、噂をすればの岩下さんだった。驚くわたしの顔を見て、岩下さんは恥ずかしそうに頭を下げた。

「この前は、なんだか自分のことばかり話して、すみません。お店のサンドイッチにも、生意気なことを言いました。合わないとかなんとか、結局恋愛相談みたいなことになって」

「いえっ、気にしないでください。恋愛相談、大歓迎です」

妙な返事になってしまったが、愚痴でも悩みでも、わたしを相手にすると話しやすいのだとしたら、そういう自分は嫌いじゃない。ほっとしたように、岩下さんは表情をゆるめた。

「今日はプライベートで来ました。食べたいものを買いたくて」

「食べたいもの、わかったんですか？」

「ここへ来たら、わかるんじゃないかと思ったんです。職場の先輩が、わたしがおいしそうだと思うサンドイッチを買ってきてほしいって言ってたから」

ショーケースの中を吟味するように、彼女は真剣な顔で覗き込んだ。しかし、考え込むばかりでなかなか決まらないようだ。食べたい、と思えるものはわたしたちの店にはないのだろうか。

わたしがハラハラしていると、一旦《いったん》キッチンへ行っていた笹ちゃんが、トレーを手に戻ってくる。それをショーケースの上に置くと、岩下さんが視線を上げた。

じっと見て、彼女は目を輝かせる。

「わあ、おいしそう」

追加でつくったトンカツサンドだ。厚みのあるトンカツをソースに浸し、表面をトーストしたパンにはさんでいる。千切りキャベツもはみ出しそうなほどたっぷりで、ボリュームのあるトンカツもさっぱり食べられる。

「これ、二つください！」

トンカツサンドだとは、思いも寄らなかったからわたしはちょっと心配になった。やっぱり合わない、なんてことにならないだろうか。

「本当にいいんですか？」

「はい。どうしてだろ、食べたいんです。トンカツで」

「この前いらっしゃったときも、トンカツサンドをじっと見てらっしゃいましたよね」

笹ちゃんが言う。最初から、岩下さんが本当に食べたいものに気づいていたのだろうか。

「……見てました。でも脂っこいから記事にならないって、目をそらしたんですよね。わたし、もともとお肉も脂っこいものも好きで、なのにずっと、自分の好きなものも見ないようにしてきたような気がします。ハンバーガーやピザやフライドチキンや、よく食べてたのに、仕事で人に勧めるときはやっぱり、単純な濃い味のものより、なんとなく素材の味や複雑な味が求められるから。本当においしいものっていうのは、そういう、体にもいいものだと思い込もうとしてたんです」

わたしも、ハンバーガーもピザもフライドチキンも好きだ。考えてみると、嫌いなものが思いつかないくらい、何でもおいしいと思ってしまう。こっちへ来てからはますます、食べ過ぎなくらい食べてしまう。笹ちゃんの料理も、川端さんのパンも、どこへ行ってもおいしいものばかりだと思うのは、たぶん、気持ちも体も快調だからだ。

「体にいいかどうかより、好きなものを食べるときが、いちばん幸せなんじゃないでしょうか」

笹ちゃんが言う。わたしは大きく頷いている。

「それに、これはたぶん、あなたの体がほしがってるんだと思いますよ。だから目にとまったし、すごくおいしそうに見えるんです」

「じゃあ、最近お肉を食べてなくて、ストレスになってたんでしょうか」

「体は、たぶんわたしたちが自覚するよりずっと、食べたいものを知ってるんです」

笹ちゃんは、トンカツサンドを愛おしそうに見ている。

「お仕事で疲れてません？　豚肉は、疲労回復にいいんです。フィレ肉だから脂は少なくてもビタミンが豊富で、ビタミンＢ１は糖質をエネルギーに変えてくれるから、きっと元気が出ますよ」

そうなのか。それで、働いている人たちに人気なのだ。女性でも、時間がないけれどガッツリ食べたいと買っていく。

「じゃあ、パンといっしょに食べるのもいいんですね。『かわばたパン』、これも厚めだけど食べていいんですね！　あ、他に甘いものも食べていいのかな」

岩下さんも、あちこちの店を歩き回っているようだし、体力のいる仕事だろう。糖分も足りていないのではないか。たしか、甘いものは苦手だったのに食べたくなると言っていた。

「急に甘党になるのも、タンパク質の不足かもしれませんね。体を動かすために必要だから、タンパク質が足りなくなると、手っ取り早い糖分を脳がほしがるとか、聞いたことがあります」

そうなんだ、とわたしは岩下さんと声を合わせてつぶやいていた。

「わたし、食べたいものがわからないとか、自分の体の声を無視して悩んでたんですね」

納得し、そして岩下さんは、安心しきった笑顔を見せた。前にここへ来たときも、道ばたで話したときも、ピリピリした雰囲気があったことを思うと、幸せな食べ物との出会いは心の栄養でもあるのだと納得させられる。

トンカツサンドが二つ入った紙袋を、わたしは厳かな気持ちで岩下さんに手渡した。ただのサンドイッチだけれど、一日をささえる大事な食べ物。岩下さんが見つけた〝食べたいもの〟が、『ピクニック・バスケット』のサンドイッチだったことをうれしく思う。

「あー、早く食べたいな」

そんなふうに言ってもらえるものを、つくっているのだから誇らしい。

「先輩、よろこんでくださるといいですね」

岩下さんの頬が、ほんのり赤くなった。

3

ハートがつなぐ

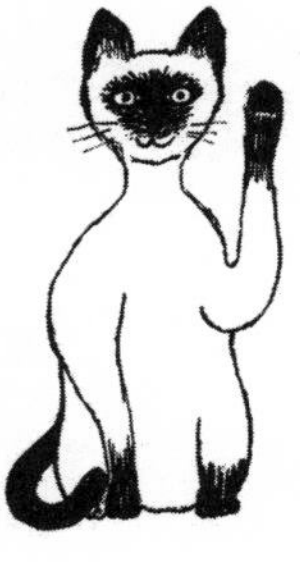

コゲが友達を連れてきた。閉店後、めずらしくドアの外で鳴くものだから、ガラス越しに覗《のぞ》き見ると、薄暗くなった公園から、建物の明かりが届くところに、すらりとした猫が進み出たのだ。

いつもコゲは、上のほうにある猫ドアから勝手に入ってくるというのに、ドアを開けろとわたしに訴えるように鳴いている。開けてやると、少し後ろを振り返り、友達を招き入れるかのように、二匹で店の中へ入ってきた。

日が暮れると冷え込むようになった。暖かい店内で、コゲは大きくのびをした。

「どこの猫かな、首輪してる」

コゲの友達は、シャム猫だった。雑種かもしれないが、少なくともわたしにはそう見えた。白っぽくて短い被毛、顔と手足や尻尾《しっぽ》の先が黒っぽくて、瞳《ひとみ》は吸い込まれそうなアイスブルーだ。

「わー、きれいなシャム猫だね」

キッチンから出てきた笹ちゃんもそう言う。すっと首を高く伸ばして座っている姿は、なんとなく高貴な印象だ。並んで座るコゲは丸っこく、黒と茶色が交ざった毛糸玉のようだが、その猫は陶器みたいにつやつやしている。

笹ちゃんを発見すると、コゲはあまえるようにすり寄っていく。撫《な》でられて喉《のど》を鳴らすコゲを、青い瞳でじっと見ているシャム猫は、人慣れしているのかどうか、逃げもしなければ近寄ってても来ない。

と思うと、何かを発見したかのようにショーケースに近づき、匂いを嗅《か》ぐ様子を見せる。きっと、おいしそうな匂いがするのだろう。

「だめだよ、猫ちゃんには食べられないから」

わたしは慎重に、シャム猫に手をのばす。怖がるそぶりはなかったので、そっと触れてみたが、そのままじっとしていた。

「いやがらないいから、やっぱり飼い猫だよね」

「迷子かな。首輪にタグとかついてる？」

「ううん、何も」

「もしかしたら、自分で帰るかもしれないけど」

「そうだ、小野寺さんに訊《き》いてみようか」

名案を思いついた気になって、わたしは手をたたいた。

「蕗ちゃん、小野寺さんのことめちゃくちゃ頼りにしてるね」

たしかに、いくら小野寺さんだって、何でもわかるわけじゃない。でもやっぱり、何でも解決してくれそうな気がする。

「変かな」

「ううん、ちょっとわかる」

笹ちゃんも、ふふ、と笑う。小野寺さんなら、猫語もわかるのではないだろうか、などと考えてしまい、わたしも笑う。

そして、小野寺さんの想像力は、猫語レベルにはとどまらなかった。


「この子、三百年前に猫に姿を変えられた王女様やな」

電話をしてみたところ、シャム猫に興味津々で、早速『ピクニック・バスケット』に現れた小野寺さんは、不思議な素早さでシャム猫と打ち解けたかと思うと、猫じゃらしであやしながら、そんなことを言い出した。

「そんなに長いこと生きてるんですか?」

「うん、昼間は陶器の置物になってんのや」

小野寺さんの中には、もう物語が出来上がっているようだ。

「じゃあ、飼い主は魔法使いですね」

「小野寺さん、知り合いに魔法使いは?」

笹ちゃんとわたしは、とりあえず小野寺さんの話に乗っかる。

「残念ながらおらへんわ。けどまあ、知り合いの獣医さんに訊いてみよか。迷子にしろ、そんな遠くから来たわけちゃうやろし、動物病院に行ったことあるかもしれへん」

やはり、小野寺さんは頼りになる。

「早く飼い主が見つかるといいんですけど」

猫じゃらしを操る手腕に満足したのか、シャム猫はゴロンと横になり、小野寺さんにお腹を見せる。

「この子、僕があずかろか？」

お腹を撫でて、小野寺さんは目を細める。

「笹ちゃんとこはお客さんが出入りするし、シャムちゃんがまた外へ出てったら、どこへ行ったかわからんようになるかもしれんし」

「いいんですか？」

すっかり小野寺さんに気を許しているシャム猫も、異論はないことだろう。

「僕はかまへんよ。それにしても、このシャムちゃん、人を警戒せえへんタイプやな。このごろ、猫を連れ去る人がおるとか聞くから、気いつけたほうがええわ」

それは初耳だった。

「飼い猫を勝手に連れていくんですか？　わー、心配。コゲちゃんも、知らない人についていっちゃダメよ」

笹ちゃんは眉《まゆ》をひそめ、まとわりつくコゲに言い聞かせる。たぶんコゲは、そんなことよりごはんをくれと訴えている。

「ついていかないよ。コゲは人見知りするもん」

抱っこができるのは、笹ちゃんと小野寺さんだけだ。もしも他の誰かがコゲをつかまえようとしたら、キトキトのツメで引っかかれるだろう。

「ま、あくまで噂や。実際に飼い猫がいなくなったって人を、僕は知らんのやけど」

そして小野寺さんは、なぜか楽しそうに付け足す。

「でもな、置物の招き猫が消えたのは、ほんまや」

「置物？　盗まれたんですか？」

「知り合いの蕎麦屋《そばや》が、陶器の招き猫を二つ店に飾ってたんやけど、いつのまにか片方が消えたんやて。その招き猫、定番のとは違って、シャム猫の招き猫やったんや」

「ええっ、そんな招き猫ってあるんですか？」

「べつにおかしないやろ。猫なんやし」

まあ、招き猫には黒や赤もある。キジトラやハチワレがあってもかわいいだろうし、だったらシャム猫もありかもしれない。

それにしても小野寺さんは、シャムの招き猫がこの子だとでも言いたいのだろうか。陶器の猫の話を持ち出したのは、わたしの想像力を試しておもしろがっている、のかどうかわからないまま、わたしは笹ちゃんが出したキャットフードにがっつくコゲを眺めた。

シャムにも同じ、固形のフードを出してやるが、まったく関心を示さない。お腹がすいているわけではないのだろうか。サンドイッチのショーケースには反応したのに。

「シャムちゃん、猫まんまだよ」

食べ物だとわかっていないのかと思い、言ってみるが、やはり食べようとしない。

「蕗ちゃん、キャットフードは猫まんまじゃないでしょ」

「猫のごはんだから、猫まんまでしょ？」

「いやいや蕗ちゃん、猫まんまっていうのは、味噌汁《みそしる》をかけたごはんのことや」

「それって、残りものを猫に食べさせてたからですよね？」

小野寺さんは、納得できなそうに腕組みした。

「蕗ちゃん、味噌汁かけたごはん、食べたことあらへんの？」

「ありますけど」

「そやろ？　猫まんまっていうけど、そもそも人の食べもんや。残りもんで簡単に食べられる、ちょっと雑なごはんってだけで、猫のためにあるわけとは違うで」

「そういうことなら、小野寺さん、猫まんまは残りものじゃないですよ。立派な料理です。おいしいじゃないですか！」

笹ちゃんが力説する。そこはわたしも同感だ。

「たしかに、冷めたごはんと冷めたお味噌汁でも、そのままさっと食べられておいしいよね」

「料理かあ。まあそやな。『猫まんま』って居酒屋のメニューにあったら、シメに頼みたくなるかもしれん」

「シメもいいですけど、猫まんまは朝ご飯です」

「晩ご飯ではあかんの？」

「わたしは朝にしか食べたことないです」

「僕は夜食やな。胃に優しいし、空腹も満たされる」

食べ物に無関心なシャム猫は、猫まんまの話で至福の表情を浮かべているわたしたちに、何を思いながら青い瞳を向けていたのだろう。

＊

都会のビルの合間に、こんな公園があるなんて知らなかった。木田弓子《きだゆみこ》は、背の高い落葉樹が並ぶ散歩道に足を踏み入れ、空を見上げる。葉を落とした枝の向こうには青い空が広がっていて、久しぶりに建物のない空を見たような気がすると、落ち葉を踏むカサカサとした音も心地よく感じられる。

弓子は、四十代の娘夫婦が住む大阪へ、最近引っ越してきたばかりだ。三年前に夫を亡くし、自分も通院が欠かせなくなり、一人暮らしに不安を感じたため、娘夫婦の同居の申し出に、ありがたく従うことにした。

けれど、この町になじめるのだろうか。何もかもが以前とは違う。漁港のあるのんびりした土地で、猫と暮らしていたけれど、ここには漁港も猫もいない。

弓子の猫は、あの町から引っ越したくなかったのだ。だから、姿を消した。大阪へ連れていくつもりだったが、弓子が引っ越しの荷造りをしているうちにいなくなって、夜になってもごはんの時間にも戻ってこなかった。

もともと野良猫だけれど、弓子のところでごはんを食べるようになり、上がり込んで日なたぼっこをし、弓子の布団で寝るようになった猫だ。もしかしたら今も、誰もいないあの家に上がり込んで、自由気ままに過ごしているのかもしれない。

ニャー、と猫が鳴く。はっとして、弓子は足をとめる。見上げると、木の枝に猫がいる。黒と茶色の交じった猫が、まるで弓子に声をかけたかのように、こちらをじっと見下ろしていた。

ゆらゆらと尻尾をゆらしていた猫は、不意に木から飛び降りると、奥の小道へと歩き出す。なんとなく案内されているように感じ、弓子は後をついていく。カーブした道は、茂る木々の奥へと続いている。その向こうに、白いドアのあるレンガ色の建物が現れる。

ドアの前には立て看板があり、『ピクニック・バスケット』と店名が書かれている。サンドイッチ専門店らしい。

公園の中にお店があるなんてと意外に思ったが、よく見ると何軒かこぎれいな店が並んでいる。通りに面した飲食店は、公園側にも出入り口があるのだろう。

弓子は、引き寄せられるように、白いドアへ近づいていく。格子状になったガラス越しにも、多彩な食材と組み合わされたサンドイッチが、華やかに並んでいるのがわかる。

ランチには少し早い時間だったからか、混雑はしていないが、中にいた女性のグループが出てくるタイミングで、弓子は店に足を踏み入れていた。

「いらっしゃいませ」

明るい声と笑顔に迎えられる。店内には、ポニーテールの女性と、隅っこのアームチェアにあの猫がいた。あの子はきっと招き猫だ。

「あら、アジフライのサンドイッチがあるんですね」

ショーケースを覗き込んだとき、最初に目にとまったのがそれだ。

「はい、ふわふわサクサクでおいしいですよ」

弓子の猫はアジが好きだった。天ぷらにすると、足元で揚がるのを待っていたが、もちろん冷めてから食べさせるようにした。港の猫だからか、キャットフードなんてものは食べなくて、漁港でもどこでももらえる魚ばかり食べていた。

無性に魚が食べたくて、アジフライのサンドイッチを買うことにする。こんがりトーストされたパンの、切り口に覗く白っぽい身には厚みがあって、見るからにほくほくしている。キャベツの緑も鮮やかで、食欲をそそるが、黄みがかったソースの色がふと気になった。

「もしかして、タルタルソースが入ってます?」

「はい、大丈夫ですか?　もし苦手なら、ウスターソースでおつくりしますよ?」

弓子はいつも、醤油《しょうゆ》をかけて食べていた。さすがにそれは言いにくい。思えば、何でも醤油だった。魚には醤油がいちばん合うと信じている。刺身でも焼き魚でも、干物だってそうだ。でも、このサンドイッチにはきっと、タルタルソースが合うのだろう。

パンに醤油なんておかしいよね。そう思いながら返事をする。

「いえ、大丈夫です。タルタルソースで」

支払いをしながらふと見ると、壁に手書きの張り紙があった。「迷子の猫をあずかっています」と書かれている。簡単な線画のイラストも添えられていたが、弓子は思わず、「ミィ」とつぶやいていた。

いなくなった猫によく似ていたのだ。ミィは、一見シャム猫のようだった。雑種のはずで、親猫と思われる猫は真っ白だったのだが、きっとどこかでシャム猫の血が混じったのだろう。

昔、弓子が若かったころ、めずらしいからとシャム猫がブームになり、飼う人が増えれば捨てる人も増え、野良猫の中に日本猫とはあきらかに違う毛色の猫が見られるようになった。だからミィがシャム猫にそっくりでも不思議はないが、なんだか悲しい。

ミィの中には、遠い異国から連れられてきて、なのに人に捨てられた先祖の記憶が、うっすらとでも残っていて、弓子の猫にはならなかったのかもしれない。

「お客さん、この猫をご存じなんですか？」

真剣に張り紙を見ていたから、店員の女性が気にしたようだった。

「あ……、いえ、いなくなった猫に似てるなと……」

ミィが大阪にいるわけがないのだから、別の猫だ。でも、もしかしたら、魚の箱に紛れ込んで運ばれたとか、大阪まで連れてこられたなんてことは、などと想像してしまう。

「知人があずかってくれてるんですが、ご覧になりますか？」

まさかと思うけれど、確かめてみても……、と考えたとき、誰かが弓子を押しのけるようにして、張り紙の前に割り込んできた。

「これ、うちの猫やん」

白い髪を短くした年配の女性は、雨でもないのに真っ赤な長靴を履いている。

「どこにおんの？　早よ返して」

「あの、ちょっと待ってください。こちらのお客さんも、猫をさがしてらっしゃるようなので、きちんと確かめてから……」

「うちのや、間違いないわ。この絵にそっくりやもん」

すっかり前のめりになっていて、有無を言わせない口調だ。店員さんは苦笑いしつつも困惑している。長靴の女性は、すがるような目をこちらに向ける。弓子はすっと冷静になっていた。ここで争う必要もない。ミィである可能性は少ないのだ。

「わたしの猫じゃないと思います」

「そやんな。やっぱりうちの子や。あーよかった、横取りされるかと思た」

べつに横取りするつもりなんかないのに。よほどほっとしたのかもしれないけれど、なんだか失礼な人だと呆気《あっけ》にとられていると、背後で若い声がした。

「おばあちゃん、あんたの猫なら、肉球の色言うてみ」

制服を着た少女が、腕組みして立っていた。

「肉球？　そんなん、いちいち見てへん」

「自分の猫ならふつうわかるで。ほんなら、雄か雌かは？」

「……め、雌や」

「違います」

「真理奈《まりな》ちゃん、知ってるの？」

「うん、さっき小野寺さんに会って、猫ちゃん見せてもらったんです」

高校生らしい彼女は、店員の知り合いなのだろう。親しげな様子だ。長靴のおばあさんは、あきらかに猫のことをよく知らないようだったが、簡単には引き下がらなかった。

「そんなんどっちでもええやん、うちの子は、お腹にハートマークがあるんや」

「は？　そんな模様なかったけど？」

少女は、警戒の目をゆるめない。一方で、きっぱりと言われた長靴のおばあさんは驚いている。弓子はなんだかかわいそうになった。

元野良の飼い猫なら、なかなかさわらせてくれないこともある。弓子も、しばらくはミィの肉球も性別も知る必要を感じなかった。だから、いなくなった猫のことをよく知らなくても、必死でさがす気持ちにうそはないのではないか。

「なんやこの店、猫がおるていうから来てみたけど、猫の好きなもん、ちっともあらへんがな」

苛立《いらだ》ち紛れか言い捨てると、結局彼女は、あわただしく店を出て行った。

「そりゃ、人の食べ物を売ってるんだから」

ポニーテールの店員が、ため息交じりにつぶやく。たしかに、猫の好きなものなら、ペット用品の店へ行くべきだ。

「あの人、魚が食べたかったんじゃないでしょうか」

それでも弓子は、つい言葉をこぼしていた。

「あ、いえ、なんとなく」

なんとなくあの人も、いなくなった猫の好物を、無意識に求めていたのかもしれないと、買ったばかりのアジフライのサンドイッチに重ねていた。

「お客さんの猫も、魚が好きなんですか？」

そう言ったのは、奥から出てきたお団子ヘアの女性だ。彼女も店の人なのだろうけれど、弓子の考えを見抜いているかのような言葉に、少し驚く。

「魚のサンドイッチは少なくて。猫をおさがしなんですよね？　その子の好物が目に付きますよね」

そんなふうに寄り添ってもらえるとは思わなくて、同時に弓子は、自分の孤独に気づかされた。娘夫婦と同居とはいえ、他に知人もいない町で暮らし始め、自分のことも気持ちも、しばらく誰かに話すことがなかったのだ。娘夫婦にも遠慮があって、猫は連れていかないと話したら、ほっとした様子だったし、深く訊《たず》ねられることもなかったから、ミィを思い出してもなんとなく話せなかった。

弓子はたぶん、ミィのことを話したかったのだ。

「……はい。わたしの猫は、じつは半野良で。最近こちらへ引っ越してきたんですけど、猫は地元に置いてきたんです。ここにいるはずがないのに、この張り紙が似てたので、思い出してしまって」

「そうだったんですか。猫には、離れられない場所がありますもんね。うちの猫も、ここの店主が変わっても、飼い主が変わっても、ずっとここにいるんです。わたしたちよりも、ここが好きなんです」

　黒と茶色の猫は、アームチェアの上でもう眠っている。くつろげる場所がいくつもあったミィも、あの町に置いてきてよかったのだ。心配や後悔が、少しだけ安堵《あんど》に変わった。

「このシャム猫に、会ってみたかったたな。うちの子じゃないのはわかってますけど、もしかしたら、どこかで血がつながってるかもしれないんですよね」

　シャム猫の血が。

「この近くであずかってもらってるんです。住所を教えましょうか？　まだそこにいるかと思います」

「いいんですか？」

　少女のほうをちらりと見たのは、彼女は猫のことを守っているかのようだったからだ。飼い主ではない人を近づけまいと気をつけているのに、興味だけで弓子が猫に会うのを許してくれるだろうか。

「あたしは、あのおばあさんが感じ悪いから、追い返したかっただけやねん」

　随分はっきりした女の子だ。

「これ、地図です。そこの通りをまっすぐ行けばすぐにわかります」

　お団子ヘアの女性に渡されたのは、簡単な手描きの地図だったけれど、わかりやすい。弓子は礼を言って店を出る。

ドアを開けたとき、黒と茶色の猫が少しだけ顔を上げ、弓子を見た。サンドイッチを食べるまでもなく、弓子はすっかりこの店が気に入っていた。

＊

午後、店頭に並ぶサンドイッチも少なくなると、そろそろ閉店の時間だ。残ったサンドイッチを数え、わたしはパソコンに記録する。日々の売れ行きをデータにしていくことで、無駄につくりすぎたり、足りなくなったりすることも減っている。今日はまあ、予想の範囲に収まっただろう。

「魚のサンドイッチか。あとは、ツナ系くらいだよね」

笹ちゃんは、自分の分厚いレシピノートを広げながらつぶやく。

「あ、スモークサーモンもあるけど、もうちょっと身近な魚で、何か新しいサンドイッチにできないかな」

「魚って、ごはんのおかずってイメージだから。刺身もブリ大根もサバの味噌煮も」

「ごはんに合うものなら、パンに合わないはずはないって！」

笹ちゃんは、やけに力が入っている。今朝の出来事が気になっているのか、あの長靴のおばあさんを納得させたいなどと考えているのではないだろうか。店へ来たのに何も買わずに帰った、そんな人を見ると、闘志がわくのが笹ちゃんだ。

あの人はもう来ないだろうと思うのだけれど、来ようと来まいと、誰かが求めていると思うと、笹ちゃんの挑戦は止まらない。

「蕗ちゃん、休憩とっていいよ。あとはやるから」

「うん、じゃあそうしようかな」

一休みしたら、収支の計算や明日《あした》の仕入れの手配や下ごしらえと、閉店後にも仕事が詰まっている。わたしはエプロンをはずし、店を出る。

近くのコーヒー専門店へ向かったのは、もしかしたらこの時間、川端さんも休憩しに来ているかもしれない、なんて期待したわけではないけれど、本当に川端さんがいて、わたしはひそかに幸運をかみしめた。

「猫が迷い込んだって、小野寺さんに聞きましたよ」

声をかけてくれたので、わたしは自然と隣に座ることができて、ニマニマが止まらない。

「はい、その猫の飼い主だっていう人が現れたんですけど、特徴が違ってて。でもその人、なんだか妙な人で」

わたしは、長靴のおばあさんのことを話す。川端さんはまじめな顔で聞いてくれる。

「そのおばあさん、うちにも来たことあるかも。日本人なら米を食えって、文句を言った人だと思います」

「えー、びっくり。もしかして、魚へのこだわりといい、日本食マニアなんでしょうか」

「でもね、ときどき来て、ちゃんと食パンを買ってくれるんです」

「えー」

いったい、どういう人なのだろう。

「うちのパン、味噌汁に合うって言ってたような」

「お味噌汁ですか？　うーん、今度試してみようかな」

「僕としては、そういう食べ方もうれしいです。どんなおかずにも合うパンなら、飽きが来ない主食になるってことだから」

「そっか。パンとスープだと思えば、合わないわけがないですよね」

「ごはんとはまた違う、味噌汁との接点が、パンにはあるんですよ」

具だくさんの味噌汁に、シンプルなトーストを思い浮かべる。ジャガイモとタマネギの入った味噌汁がいいなと思ったりする。

「じゃあ、長靴おばあさんは、猫の好きな魚ってだけじゃなくて、パンにも合う魚を食べたかったのかな。川端さんは、どんな魚が合うと思います？」

「そうだなあ。僕、しらすトーストを食べたことがあります。意外な組み合わせだけど、これがまた、おいしいんですよ」

「しらす！　いいですね。猫にも食べられそうだし」

「でも、猫の好きな魚っていうのは、パンに合うかどうかよりも、結局は飼い主のおばあさんの好きな食べ物なんでしょうね」

なるほど、飼い猫にとって好きな食べ物は、身近な食べ物でもあるはずだ。コゲがチキンを好むのも、前の飼い主にとってローストチキンが思い出のご馳走《ちそう》だったからだ。

「そっか。長靴おばあさんは、単に好きな食べ物をペットと分け合うことに喜びを感じていたのかもしれないですね」

「たしかに、かつてはペットフードなんてものは一般的じゃなくて、ふつうに人の残りもので動物を飼ってたから、そのおばあさんにとっては、同じものを食べるのはごく自然なことなんでしょうね」

わたしの家では、ペットを飼ったことはなかったけれど、小さかったころ、祖父母の家には犬がいて、当たり前のように残りものを食事にしていた。健康にはよくなかったかもしれないけれど、そういう時代だったのだから、長靴のおばあさんの中でも、ペットの食事とはそういうものなのだろう。

「ペットもその家の味に慣れて、見えないつながりができて」

「同じものを食べるって、不思議とそれだけで、気を許せたりするから」

そう言った川端さんと同じ、コーヒーとドーナツを注文したわたしは、ちょっと意識してしまった。

「じゃあ、『猫まんま』をもらった猫は、間違いなくその家の味をおぼえて、家族になるんですね」

首を傾げながらわたしをじっと見る川端さんは、やたらかわいい。男の人に失礼だけれど、整った顔立ちのうえ、ふだんはきちんとしているだけに、ちょっとだけくだけた雰囲気になると、わたしの中で勝手に親近感が増してしまう。

「猫まんま、ですか？」

「あの、ほら、お味噌汁をかけたごはん」

「ああ、そういえば、あれって『猫まんま』って言いますね。汁かけごはんって僕は言ってたけど、子供のころは遅刻しそうになるとそうやって一気食いして。でも、おいしいんですよね、あれ」

そう言ってくれる川端さんは、気取っていないところがまたいい。猫まんまなんて食べたことがない、とはならなかったことに安堵し、ますますうれしくなっていた。

「うん、わたしもそう思います」

明日の朝は、ごはんにお味噌汁をかけよう。わたしはひそかにそう決めた。

*

マンションの上階は、たしかに見晴らしはいいけれど、なんとなく落ち着かない。ベランダに出るのが怖いと思ってしまう弓子は、すでに平屋の生活がなつかしくなっている。

「お母さん、これどこの紙袋？『ピクニック・バスケット』？」

弓子が洗濯物を畳んでいると、娘の重美《しげみ》が帰ってきて、紙袋に気づいたようだった。何かに使えるかと思って、取っておこうとテーブルの上に置いていたのだった。

「うん、それ、お昼にサンドイッチ買ったの。かわいいサンドイッチ屋さん。公園の中にあってね」

「公園って？」

「大きな公園よ。近くにテニスコートがあったかな」

「靭公園？　あそこまで行ったんだ？」

「散歩にちょうどいい距離よ。少しは運動せんとね」

「ふうん、おいしかった？」

「うん、アジフライのサンドイッチがあって、ホントにふわふわサクサクなの」

タルタルソースも案外さっぱりしていたけれど、醤油で食べたかったような気もする。

「アジフライ？　サンドイッチなら白身魚のほうが魚臭くなくていいのに」

娘夫婦は魚が苦手だ。魚臭いといっては敬遠するので、このマンションで魚を焼くことはできない。娘夫婦は外食ですませることが多いが、そういうとき、弓子は自分で食事を用意するものの、焼き魚なら出来合いのものを買ったりと気を遣っている。

娘の夫は都会育ちだからともかく、重美は漁師町で育ったのに、と首を傾げるが、子供のころから、食卓に並ぶ干物や塩焼きや味噌煮よりも、ハンバーグや唐揚げに目を輝かせていた。

「ふつうのサンドイッチも、いろいろあっておいしそうだったわよ」

アジフライで興味を失った重美は、もうサンドイッチ店にも関心がなくなったようだった。

ふうん、と聞き流しながらカウンターになったキッチンへ行き、買ってきたものを冷蔵庫に詰める。

「お母さん、ごはん炊いたの？　今夜はパスタだよ」

「あれ、そう。なら明日の朝食べる。残りは冷凍しとくね」

重美たちは、お米もあまり食べない。朝はパンだが、弓子は自分だけごはんを炊いて、味噌汁もつくる。どのみち朝はそろわないことも多く、自分で好きなように用意するのでちょうどよかった。かつては同じものを食べていた娘と、食生活がこんなに違っているとは予想外だったけれど、しかたのないことだろう。

それから重美は、キッチンを出ようとし、思い出したように振り返る。

「あ、お母さん、玄関のあれ、しまってくれない？　インテリアに合わないから」

「え？　ああ、招き猫？　ごめん、ちょっと殺風景に見えて、飾ってみたんだけど」

「あんな古いもの、持ってきてたんだ」

古い招き猫は、若い頃に弓子が夫との旅行先で買ったものだった。もともと二匹がそれぞれ左右の手を上げていたのだが、今はもう左手を上げているほうしかない。シャム猫の招き猫なんてめずらしいし、形も色合いも、よく見る招き猫とは違い、洋風の雰囲気で、当時増えつつあった洋間にも違和感なく飾れそうなものだった。弓子が夫と暮らした田舎の家には、あいにく洋間はなかったので、玄関の靴箱の上に飾っていたが、招き猫だと気づく人は少なかったと思う。

何十年も置かれていたため、少々変色しているが、弓子としては、思い出の品をいい場所に飾ってやりたかったのだ。

でも、たしかにここには似合わない。玄関はもちろん、すべての部屋がモノトーンで統一され、すっきり片付いていて、まるでモデルルームだ。ものを出しっぱなしにしたり、散らかしたりはしない。子供のいない夫婦だから、そんな部屋を維持できるのだろうけれど、彼らもまた、夫婦として歴史を積み重ねてきたうえで、この家をくつろげる場所にしてきたはずだ。

おもちゃで散らかった家が、手に入らなかった代わりに。

それなら彼らの心地がいいように、弓子はふたりの暮らしをなるべくかき乱さないようにしたいと思っている。

招き猫を取りに玄関へ行くと、ちょうど娘婿の浩志《ひろし》が帰ってきたところだった。

「あら、おかえりなさい」

「ただいま。あれ？　お義母《かあ》さん、それ片付けるんですか？」

「うん……、ここには似合わないでしょう？」

彼は苦笑いする。

「重美が言いました？　でもそれ、シャム猫の招き猫ってのがおもしろいですね。アメショーとかスコティッシュじゃなくて、何でシャムなんでしょう。ペットショップでも見かけないですよね」

あのころに、アメショーなんて猫はいなかった。いたかもしれないけれど、弓子は聞いたことがなかったし、血統書付きの高価な猫といえば、シャム猫だったのだ。

「昔は流行《はや》ったのよ。シャム猫。たぶん西洋へのあこがれだったんでしょうね」

高度経済成長期と言われていたあのころ、庶民も家の中を飾る楽しみに目覚め、自慢のステレオやピアノの上にはフランス人形を飾り、壁にはひとつやふたつ、額があった。そしてシャム猫は、三毛や茶トラとは違う、高貴な猫のイメージだったのだ。

「西洋、っていうより、シャム猫はタイの猫ですよね」

「そういえばそう。なんでかしら、西洋のイメージなんだけど……」

「たしか、シャム猫はイギリスで広まって、上流階級が飼ってたって聞いたことがあります」

彼は物知りだ。頭の中もすっきりと片付いていて、どこに何をしまったか、迷うことなく取り出せる、そんな、この家みたいな人。

「ほんと？　そしたら招き猫になったシャム猫は、優雅な気分を招いてくれてるのね」

ピンとこなかったのか、彼は笑顔で聞き流した。

今は、シャム猫みたいな野良猫がいくらでもいる。優雅なイメージは、彼の中にはないのだろう。

ミィのことを思い出しながら、招き猫を持って自分の部屋に戻る。サンドイッチの店で教えてもらった迷い猫には、今日は会えなかった。あずかっている人の事務所を訪ねてみたが、ちょうど留守だったのだ。

明日また行ってみようか。けれど、自分の猫ではないのに、何度も足を運ぶようなことなのか、弓子はわからなくて迷う。

ミィに似た猫を見て、それからいったい自分はどうしたいのか。

チェストの上には、まるで家具の一部みたいな仏壇がある。すっきりとしたデザインで、マンションの洋室にも違和感なく、場所も取らない。娘が買ったそこに、田舎から持ってきた夫の位牌《いはい》がある。

ちょっと狭いけど、新しいおしゃれな場所に収まっている夫を眺め、自分も同じだと弓子は思った。新しいけれど小さな部屋にいる弓子も。

娘夫婦がこのマンションを購入したとき、いつかは子供部屋にと考えていた部屋が、弓子の部屋になった。これからは、ここが弓子の居場所だ。田舎の家みたいに、家の中すべてが家ではない。

でも、これくらいがちょうどいい。前の家は、掃除も戸締まりも大変だった。ただ、以前は招き猫の置き場に困らなかったが、仏壇と並べるのもどうかと思い、場所に迷う。

飾り棚を買おうかと考えながら、ベッドに腰を下ろし、手にしたシャムの招き猫をじっと眺める。

何気なく、底の部分に目をやると、まるい穴があいていて、陶器の中は空洞なのがわかる。穴の横に、製造元の刻印なのか、ハート形のしるしがあった。

猫のお腹にハートのマークがあると、赤い長靴の女性が言っていた。どこかでそんなハート形を見たことがあるような気がしたが、この置物だったのだ。

置物の猫が、本物のシャム猫になって迷子になっている、なんてあり得ないけれど、弓子は以前にも、そんな想像をしたことがある。

左右の手をそれぞれに上げた、二つの招き猫だったのに、片方だけ壊れてしまった。ミィが現れたとき、弓子はその片方が戻ってきたかのように思ったのだ。

迷子の猫にはハートのマークなんてないと、あのとき女子高生が言っていたが、弓子は確かめてみたくなった。それとも、そんな猫がいるのなら、会ってみたいと急に気になりだしたからか。

長靴の女性が飼っている猫は、本当にハートのマークがあるのだろうか。

＊

シャム猫は、小野寺さんの事務所でおとなしく一日を過ごしたようだ。知らない場所でもさほど警戒する様子はなく、歩き回っていたという。

わたしは、シャム猫の様子を見たくて、キャットフードを届けに来たところだ。コゲとは違い、わたしにもあまえるように寄ってきてくれるところがかわいい。

「寂しいんかもな」

小野寺さんはそう言う。

「飼い主さんが恋しいんでしょうか」

「ごはん、あんまり食べへんし」

もしかしたら、キャットフードを食べ慣れていないのかもしれない。

「あのう、ごめんください」

戸口で声がした。振り返ると、チェックのマフラーをした女性が部屋の中を覗き込んでいる。

「迷子のシャム猫が、こちらにいると伺ったんですが。わたし、木田弓子と申します」

昨日のおばあさんだ。笹ちゃんが、シャム猫に会えるようにここの住所を教えた人だと気づいたわたしは、小野寺さんより先に彼女に歩み寄った。

「こんにちは。昨日はアジフライサンド、お買い上げくださってありがとうございました」

するとおばあさんも、わたしに気づいてくれたようだ。緊張が解けてほっとしたような笑顔になる。

「あらまあ、サンドイッチ屋さんの……」

「はい、清水蕗子です。猫ちゃん、見にいらっしゃったんですよね。わたし、ごはんをあげようと思って来たところで。あ、彼が小野寺さんです」

「どうも。蕗ちゃんに聞いてます」

小野寺さんもにこやかに迎え入れる。水玉ジャケットの小野寺さんと、おもちゃでいっぱいの〝事務所〟とを、不思議そうに見回しながら、木田さんは中へと入ってくる。

椅子を勧め、小野寺さんは奥からペットキャリーを運んできた。ふたを開けると、黒い顔と耳が外を覗く。白いしなやかな体がゆっくりとキャリーから出てくる。

「わあ、かわいい。毛並みもつやつやね」

「飼い猫には違いないと思うんですが、まだ飼い主の情報がないんです」

「そう、かわいそうに」

猫はソファに飛び乗り、そこに寝そべった。木田さんに興味があるのか、彼女の手の届く距離だ。

「おとなしいのね。あの、さわっても大丈夫かしら?」

「ええ、いやがりませんよ」

そっと頭を撫でられて、猫は気持ちよさそうにしている。木田さんは、少し迷った様子でまた言った。

「お腹、見られるかしら。持ち上げないと無理ですよね」

「もしかして、昨日のおばあさんの言ったこと気にしてます? ハートのマークなんてないですよ」

わたしも気になって、昨日の帰りがけにここに寄り、お腹を確かめたのだ。そのとき、小野寺さんもいっしょに見ていたのだから間違いない。

それでも小野寺さんは、おばあさんのために猫をそっと持ち上げた。おとなしく抱っこされた猫の、上を向いたお腹に視線を引きつけられたわたしは、「あ」と声を上げていた。

木田さんも、ほとんど同時に「あ」と言う。

「ええっ、何これ? ハート……みたい」

足の付け根に近いところに、ピンク色のものが目に付く。毛に埋もれかかって、小さなまるいものに見えたが、毛をよけるとハート形みたいだった。

「何で？　昨日はなかったはずなのに」

「ほんまやな、いつの間に……。蕗ちゃん、これ脱毛症や。毛が抜けとる」

ハートみたいな形に、地肌が見えているのだ。

「じゃあ、急に抜けちゃったってことですか？」

「知らんとこ来て、ストレスなんやろ」

「じゃあ、もしかすると」

これまでにも何度か、脱毛症になったことがあるのかもしれない。わたしはちょっとばかりあせりを感じていた。

「その、真理奈ちゃんが追い払ったおばあさん、飼い主の可能性あるってことやんな？」

そうなのだ。あの人は、本当のことを言っていたかもしれないのに、追い払ってしまった。

「その人、どこの誰やろ。前にも蕗ちゃんとこ来たことあった？」

はじめて見た顔だった、と思う。

「猫がいる店だって聞いて来たみたいだったので、たぶん、はじめて来た人です」

「このへんの獣医さんに僕が聞いた限りやと、シャム猫を飼ってる人は知らんらしい」

「あの、この子の飼い主が見つかるまで、ときどき見に来ても構いませんか？　ハートのマークがあるシャム猫って、なんかすごく気になるんです」

「木田さん、シャムを飼っていて手放したとおっしゃってましたね。この子が似てるって」

彼女は深く頷《うなず》きながらも、考え込んだ。

「それだけじゃなくて、わたし、シャム猫の招き猫を持っているんですが、左右あったうちの片方が壊れてしまったんです。それ、陶器の裏にハートのマークがあるんですよ。だからって、何の関係もないけど、この子がちゃんと家に戻れるか心配で」

関係はないけれど、壊れたのが陶器のシャム猫で、ここにもハートのマークがあるシャム猫がいる。木田さんにとっては、とても気になることなのだろう。

「シャム猫の招き猫って、めずらしいですね」

「ええ、でも、五十年くらい前かしら、シャム猫が流行ったころのもので」

「シャム猫って、流行ってたんですか？」

「蕗ちゃん、うちにも当時の流行もんあるで。量産されてたんちゃうか？」

小野寺さんが指さした棚には、なるほど、陶器のシャム猫が二つ並んでいた。招き猫ではなく、ペアの猫が寄り添っている置物だが、顔立ちがちょっと漫画ふうで、昭和レトロな雰囲気だ。

「わー、これを招き猫にした感じですか？」

「似てるかも。こんなふうなほっそりした体で、招き猫らしくないけど、前足を上げてるんです」

「それ、見たことあるような気がするわ」

考え込んだ小野寺さんは、間もなく何か思い出したように手をたたいた。

「そういや、この前猫の置物がなくなったって話、蕗ちゃんにしたやろ？　あれも、シャム猫っぽい招き猫やった」

「えっ、そうだったんですか？」

「二つあって、片方だけなくなったんやけど、それが不思議なことに、いつの間にか戻ってきたらしいで」

木田さんも興味を持ったらしく、口を開く。

「まあ、盗んだ人が返してくれたってことでしょうか？」

「この先の蕎麦屋やねんけど、どうやらバイトの子が、掃除のときにひとつ壊してしもて、こっそり捨てたそうや。それを拾った人がおったみたいで、金継ぎして直してあったんやて」

「金継ぎ？　すごいな。工芸品の職人さんでしょうか？」

「このごろ、手軽にやる人も増えてるらしいで。金継ぎキットもネットで買えるし」

「その人は、ペアの置物が片方だけなくなるのが忍びなかったんでしょうね」

どうやらシャム猫に関しては、木田さんは陶器でも本物でも、自分のものと重ねて、感情移入してしまうらしい。

「古いもんに思い入れがある人なんやろな」

「金継ぎ……、そうやって直せるんだったら、片方が壊れたとき、わたしも捨てなかったかなあ」

木田さんは、しみじみとつぶやいた。

「あのときは、古くて見飽きてて、いつかは壊れるもんだと思って捨てました。でも、捨ててなかったら、野良のシャムに餌をやったり、家へ入れたりしなかったかも。置物がひとつだけで寂しそうだったから、野良猫がなんか、帰ってきたみたいに思えて」

シャム猫は、また木田さんのそばに落ち着いて、じっと目を閉じていた。もしかしたら、この子は、木田さんが失ったという招き猫かもしれないと、だから同じようなハートのマークがあるのではと想像してしまう。たぶん、人の気持ちには無関係に、気ままに行動しているだけの猫なのに、人は思い入れてしまうのだ。

でも、そうすることで、救われることもあるから、小さな生き物に手を差しのべたくなるのだろう。


笹ちゃんは、仕入れたアジをひとつひとつ開いて、小骨を取る作業に集中している。明日のための下ごしらえだ。冷蔵庫には、他にも魚が入っている。切り身や、わたしの知らない魚もある。

「これも、サンドイッチに使うの？」

「うーん、買ってみたけど、サンドイッチって日常の食べ物だから、馴染《なじ》みのある食材が好まれるのよね」

「まあ、たしかにね。逆に、日頃よく食べるけど、サンドイッチにはめずらしいっていうのが新鮮かも」

「それってどんなものだろ」

「うーん、お味噌汁、とか」

川端さんとの話が頭に浮かび、口に出している。

「サンドイッチは、ちょっと無理でしょ。でも、パンには合うよね」

「笹ちゃん、食べたことあるの?」

「え、蕗ちゃん、ないの?　パンとスープみたいなもんだよ。バタートーストと食べるお味噌汁、コクが出ておいしいよ」

わたしの中には、食べ物に対する凝り固まったイメージがある。笹ちゃんや、川端さんはもっと柔軟だ。さすがに料理人は発想が自由なんだと気づかされるが、わたしも他人事《ひとごと》ではいられない。これでも、『ピクニック・バスケット』の一員なのだから。

「明日の朝、食べてみる!」

「じゃあ蕗ちゃん、お味噌汁つくってね」

「まかせて」

朝のメニューは猫まんま、の予定だったが、ごはんではなくパンになった。でも、お味噌汁を楽しむことに変わりはない。どんな具にしようかと、わたしは頭を柔らかくしながら、あれこれ具材を思い浮かべた。

「そういえば蕗ちゃん、猫がいなくなるって噂、デマだったんだって」

「デマ？　それじゃあ、なんでそんな噂が立ったの？」

小野寺さんが言っていた、陶器の招き猫が消えた話に尾ひれがついたのだろうか。

「じつはね、この近くにある家の窓に、猫がいっぱいいるように見えたせいみたい。で、ある人が、いなくなった自分の猫が、そこの窓辺にいるって言い出して、ちょっとトラブルになりかけたけど、町内会の人が仲裁して中へ入れてもらったら、猫の気配はなくて、全部陶器の猫だったって」

また陶器の猫の話だ。なんだか、ときどき本物になる陶器の猫がいるかのようで、狐に、いや猫に化かされているかのようだ。

「そこの住人が、あの、赤い長靴のおばあさんかもしれないの」

「本当？」

「晴れた日でも、真夏以外は長靴を履いてるって人、そんなにいないよね」

しかも赤い色だから、わりと目に付く。後ろ姿でも、遠目でも区別できるだろうから、たぶん同じ人に間違いないだろう。

「でも、その家には猫がいないんだよね？」

生きた猫を飼っていた形跡は、少なくとも町内会の人が確認したときにはなかったようだ。

「一月《ひとつき》ほど前の話だから、そのあと飼い始めた、とか？」

だとしたら、まだ飼って間もないのに、逃がしてしまったことになる。それにしても、陶器の猫ばかりの家に、一匹だけ本物の猫がいるなんて、ちょっとシュールな光景だ。

本物の猫を陶器に、それとも陶器の猫を本物にするおばあさん、まるで小野寺さんの絵本の世界だけれど、お腹にハートのマークがあるシャム猫は、陶器にそっくりなシャム猫とくれば、いったいどれが本当の姿なのか、わたしは混乱しそうになる。

「あのおばあさんは、どんなサンドイッチを期待してたのかなあ」

笹ちゃんが気になるのは、シャム猫の飼い主よりもそこだ。だから、猫の食べ物のことをずっと考えている。

「猫が食べられるサンドイッチは無理だよ」

食材も味付けも、たぶん猫にはよくないだろう。

「そりゃそうよ。わたしは、人のためのサンドイッチをつくってるんだから。ただ、あのおばあさんは、猫が好きなものを自分でも食べたいんでしょ？　それもパンにはさんで」

そうだった、笹ちゃんは、この店へ来たお客さんが、買わずに帰ったことが何より悲しいのだ。食べたいものがあって、期待して来たのに、買うものがない、なんて申し訳ないから、もしもまた来てくれたときには、自信を持って勧められるものを用意しておきたいと、真剣に考えている。

それは、あのおばあさんが飼い猫の気持ちになれるようなサンドイッチだ。難しい。

「その、長靴おばあさんの家ってどこ？　近くなのよね？　行ってみようかな」

おばあさんに会えたら、シャム猫にハートのマークがあったことを伝えられる。前にはなんとなく、追い返すようなことになってしまった。店の張り紙を見て、自分の猫だと申し出た人なのに、きちんと話を聞かないまま、ハートのマークもないと、確かめもせずに真理奈ちゃんの言葉を鵜呑《うの》みにした。飼い猫かどうかをちゃんと確かめてもらうべきだったのだ。このままだと、おばあさんが二度と名乗り出てくれない可能性もある。

「わたしも行く」

笹ちゃんはもちろん、サンドイッチのヒントがほしいのだろう。目的は違うものの、ともかく、ふたりで行ってみることになった。

こまごまとしたビルの間に取り残され、窮屈そうにも見える、二階建ての建物だった。周辺は、商店と住宅とが入り乱れているが、そこはかつて店舗だったのだろうか。一階の道路に面した部分は、シャッターが下りている。

笹ちゃんと並んで、わたしは二階の窓を見上げる。話に聞いていたとおり、波ガラスの向こうに猫の形をしたものが何匹も座っているかのように見えた。

じっと見ていても、動く気配はないが、自分が体を動かすと、ガラスの反射の加減か、猫が動いたようにも見える。

「ここ、骨董屋《こっとうや》さんだったんだね」

シャッターに、うっすらと文字がある。上からペンキで塗り直したものの、『骨董の居戸《いど》』と透けて見えていた。

「あれ、シャム猫の置物じゃない？」

わたしは二階の窓を指さす。窓枠の際ギリギリに、縦長のシルエットがある。足元と、顔と耳の辺りが黒く映っていて、シャム猫っぽい。

「あっちもシャム猫？　わりとたくさんあるね。もともとシャム猫が好きなのかな」

建物は、どこに玄関があるのかわからない。たぶん、シャッターを開けて出入りするのではないか。かろうじて、シャッターの横にインターホンを見つけ、押してみたが、返事はなかった。

「留守みたいだね」

わたしはちょっとがっかりする。一方で笹ちゃんは、何か見つけたらしく、興奮気味に言った。

「あれ、見て」

隣の建物との隙間は、子供なら通れるというくらい狭いが、そこに、食べ物が入ったアルミの器が二つ置いてあったのだ。片方には、ちぎった食パンが入っている。

「パンだよ。もしかして、猫の餌かな」

「そもそもだけど、猫って、パンを食べるの？」

「食べる猫もわりといるよ」

「そうなんだ。もうひとつの器は、何だろ？　いろんなものが入ってる？」

水の器かと思ったが、そうでもない。よく見ると、あきらかにおかずだ。

「たぶん、パンにはおかずがいると思ったんじゃない？　煮干しと……、あれはちくわかな。たくわんと、厚揚げも」

どれも、ごはんのおかずっぽい。パンと食べるには、見慣れない組み合わせだ。

「とにかく、パンは器にたっぷり入れてあるし、猫の好物のひとつがパンなのは間違いないってことだよね。あのシャム猫ちゃん、キャットフードはあんまり食べなかったけど、パンなら食べたのかも。うちのショーケースの前で匂いを嗅いでたのも、パンに反応したんだったら、ここのおばあさんは、間違いなくあのシャム猫の飼い主だよ」

わたしにしてはめずらしく、推理が働いた。

「ほら、上の小窓が少し開いてる。猫なら入れるし、前にコゲがしばらく帰ってこなかったとき、いつも出入りする猫ドアの下に、大好きなおやつを置いたじゃない？」

ほんの二、三日、遠出していたコゲは、間もなく帰ってきて、おやつをきれいに平らげてから猫ドアから入ったらしく、バックヤードのベッドで機嫌良く寝ていたのだった。

「なるほど。うっかり小窓が開いてて、猫が出ちゃったか。それに猫のほうも、ちゃんと帰り道がわかってないでしょうし」

笹ちゃんも大きく頷く。飼い主は、猫の好物を置いて、戻るのを待っているのだ。そしてあのシャム猫の好物は。

「パンが好きな猫だから、長靴のおばあさんは、パンを扱ってるうちの店へ来た……。でもおかずのほうは、猫の好みがおばあさんにもわからないのかな。漠然と、猫は魚好きってイメージがあって、ヒントがほしかったけど、うちのサンドイッチにはピンとこなかった。だから、いろんな食べ物を入れてみてる」

彼女がたまにパンを買っていくと、川端さんは言っていた。和食党で、味噌汁に合うパンを求めていたくらいだから、おかずとなると和食しか思い浮かばないのか。

「魚でも、サーモンやツナじゃないのね」

笹ちゃんは悩んだ様子だ。

「それにしても偏食な猫だけど、パンが好きだとしても、べつにおかずがほしいとか思わないんじゃない？」

「そうねえ。でも長靴のおばあさんは、猫がパンとおかずを食べたがってると思ってる」

だから、窓の下の器に、おかずも色々と入っている。

「おかずはきっと、前の飼い主が毎日のように、パンといっしょに食べてたものでしょうね」

「前の飼い主か。おばあさんが、最近野良猫を拾ったとかじゃなくて？」

「だって、すごく人に慣れてたから、誰かに譲り受けた猫なんじゃない？」

子猫のころに食べたものを、一生好む猫は少なくない。きっとあの猫は、以前の飼い主の元で、パンといっしょに何かおかずをもらっていた。おばあさんは、そのおかずがなんなのか知りたいのだろうけれど、なぜごはんに合いそうなものばかりなのだろう。

「だったら、いつも何を食べてたか、前の飼い主本人に訊かないとわからないよ」

それでも、笹ちゃんは考え込んでいる。パンに合うおかずについて、様々な食材で、頭の中をいっぱいにしているはずだ。

そもそも長靴のおばあさんが、誰かから猫を引き取ったのだったら、その人に訊いておけばよかったのにとわたしは思う。そうしてくれていれば、笹ちゃんが悩むこともなかったのに。

「うーん、あれがないね」

猫のための餌をじっと眺め、笹ちゃんは急にそう言った。

「あれ?」

「お味噌汁」

一汁一菜、ということだろうか? とわたしは首をひねる。

「長靴のおばあさんは、お味噌汁とパンを食べてたんでしょ?」

川端さんはそう言っていたし、笹ちゃんにもその話はしたが。

「パンとお味噌汁が好きな人なら、パン好きの猫に、まずそれを食べさせてみるかなと思って」

「猫はお味噌汁を食べなかったんじゃない?」

さすがに味噌汁は猫が好きそうな食べ物じゃないし、何より猫にとっては塩辛いのではないだろうか。

「そっか、お味噌汁じゃないいか。猫まんまなのに」

本当だ。やっぱり猫まんまは、人の食べ物だということだろう。と思うわたしの隣で、笹ちゃんは腕組みしながら、何やら深く頷いた。

「あれもないな」

笹ちゃんの細められた目が、キラリと光ったような気がしたのは気のせいか。

「蕗ちゃん、シャム猫のチラシある？」

「うんあるよ」

この辺りでも訊いてみようと思って持ってきていた。わたしはカバンから一枚取り出す。節約のため、うちの店の余ったチラシの裏に、シャム猫の情報をプリントしてあるから、連絡先はわかるだろう。

笹ちゃんは、ピンク色のペンでそこに何やら書き足している。猫のお腹にハートのマークがあったことと、裏側にもうひと言書き加えると、シャッターについている郵便受けに差し込んだ。

＊

味噌汁の匂いが立ちこめるキッチンで、重美はスクランブルエッグをつくっている。弓子は自分の分だけ、ごはんと味噌汁をよそう。浩志がふたりぶんのパンを焼いてコーヒーを淹《い》れている。

毎朝、弓子だけメニューが違うのだが、重美たち夫婦は気にしないし、好きなものを自分で用意して食べるのは、それぞれのペースがある朝には理にかなっている。

ただひとつ、干物を焼けないのが弓子にとっては残念だが、しかたがない。

「味噌汁、おいしそうですね」

テーブルについた浩志が、めずらしく弓子の朝食に興味を持ったらしく、そう言った。

「麩《ふ》が入ってるんですね。僕、子供のころ味噌汁の麩が大好きだったんです」

たっぷり汁を吸い込んで膨らみ、とろとろになりかけた麩が、お椀《わん》の中に浮かんでいる。夫が亡くなってから、弓子の他に味噌汁を食べる人はいなかったから、浩志が目をとめてくれたのはうれしかった。

「食べる？　まだ残ってるわよ」

調子に乗って、弓子は勧めるが、浩志の前にあるトーストが目に付くと、急に恥ずかしくなった。

パンに味噌汁だなんて、ちぐはぐなメニューだ。迷惑な申し出になってしまった。

「浩志、パンといっしょにお味噌汁はないでしょ」

重美もそう思ったのか、彼が断りやすいようにと口をはさんだのだろう。けれど意外にも、浩志はあっけらかんと言う。

「小さいころはそうやって食べてたよ」

「ホント？　初耳」

「祖母がいたころに。いつもパンと、麩の入った味噌汁だったんだ。亡くなってからは、母が味噌汁をやめてしまったけど」

「おばあさん、その組み合わせが気に入ってたのかしら」

「本人は、すごくハイカラなつもりだったらしいですよ。僕もふつうに食べてて、なんの違和感もなかったな。むしろ牛乳が苦手だったから、味噌汁がスープ代わりで、おいしいと思ってたんです。あ、いただいてもいいですか？」

「うん、どうぞどうぞ」

彼はさっと立ち上がり、味噌汁をよそって戻ってくる。食パンの隣に、サラダ菜とスクランブルエッグがのったお皿、見た目もきれいな朝食セットが並んでいるのに、味噌汁が置かれるのだ。重美は眉をひそめていた。

「浩志のそんなおばあさんの話、聞いたことなかったな」

「僕も長いこと忘れてた」

弓子の麩の味噌汁が、彼の記憶を呼び起こしたのだろうか。

「重美は？　もともとお義母さんと同じ、和食の朝ご飯だったわけだろ？　なんで味噌汁、食べなくなったわけ？」

重美は深くため息をつく。

「浩志がパン食だっていうから、朝はパンにしたの。味噌汁はごはんとたべるものでしょ」

そんなルールなんて気にしないとばかりに、浩志はパンをかじり、味噌汁を飲む。

「うん、おいしいです」

「そう？　よかった。重美もどう？」

「……ならちょっとだけ」

味噌汁のお椀が、テーブルに三つ置かれている。和食洋食、それぞれに好きなものを食べているのに、味噌汁だけは共通だ。お椀から立つ湯気に、弓子は、娘夫婦の食卓に居場所ができたように感じると、いつになくくつろいでいた。

靱公園への散歩も日課になりつつある。周辺を歩きながら見つけた蕎麦屋は、先日、小野寺さんという人が話していた場所だ。実を言うと弓子は、話に聞いたシャム猫の招き猫を見てみたいと思い、店をさがしていたのだった。

弓子が持っているものと同じものかもしれないし、片方が壊れてしまったのに、金継ぎでよみがえったというのにも興味を感じていた。

中へ入ると弓子は、店内をぐるりと見回す。食事には中途半端な時間だからか、お客さんは少ない。窓際に招き猫が二つ並べておいてあるのがすぐに目に付き、そばの席に腰を下ろす。注文を済ませてから、あらためて招き猫に顔を近づけてよく見ると、片方にはかけらをつないだ金色の継ぎ目がいくつもあった。けれどそれが、不思議と模様のように美しく、白い猫の体を彩っている。

しかしそれは、弓子が持っているシャム猫の招き猫とは、少し違っていた。形や色は似ているけれど、顔つきが違う。手作りなら、ひとつひとつ違うのは当然だけれど、鈴の付いた首輪もしている。弓子の招き猫には、首輪ではなくリボンがついていた。左右の招き猫が、それぞれにピンクと水色のリボンをつけていたのだ。

裏のマークはどうなのだろう。気になって、店員が奥へ引っ込んだ隙に、手に取ってひっくり返してみた。

ハートのマークはある。しかし、弓子の招き猫にあったものが手描きふうだったのにくらべ、このマークはきちんとデザインされ、プリントされているようだ。

「それ、最近の製品なんや」

隣のテーブルから声がした。振り向いた弓子は、あっと驚く。前にサンドイッチ店で会った、赤い長靴のおばあさんが座っていたのだ。

おばあさん、なんて言うのは失礼だろう。弓子とたぶん、そう変わらない年齢だ。

「あんた、猫は見つかったん？」

彼女も弓子のことはおぼえていたようだが、弓子の猫がいなくなったと勘違いしたままだった。

「わたし、もう猫は飼ってないんです。前に飼ってた猫に、あの絵が似てたんで」

「ふうん、猫好きなんやな」

そう言う彼女は、猫好きではないのだろうか。なんとなく、他人事みたいな口調だった。

「その招き猫、窯元が昔の商品を再販売しとるんや。けど、昔の味わいとはちょっと違う。今風になってんねんな。窯元のマークも、昔は手描きやったけど、今はハンコや」

彼女にとって興味があるのは、猫ではなく陶器なのだろうか。

「わたし、昔の招き猫、持ってます。シャム猫の。左手を上げてるほうだけ」

「へえ、ほんだら首輪がリボンになってるやろ？　左右で色違いの、ピンクと水色のリボンやから、左手を上げてんのはピンクやな」

「ああはい、それです。昔のにも詳しいんですね」

「うちの旦那《だんな》がつくってたんや。招き猫だけやない、いろんな猫の置物みたいなのも。もうずっと前に他界したけどな」

彼女は、食べかけのざる蕎麦がのったトレーごと、弓子のテーブルに移ってきて、向かいに座る。招き猫を手に取って金継ぎのところを指でなぞる。

「そやからこれ、捨てられんのがかわいそうになって、持って帰って直したった」

声をひそめる彼女につられ、弓子も小声になる。

「金継ぎを？」

「内緒やで。ここの店員が、壊してしもて、捨てるの見てたさかいに。片方だけなくなったら、かわいそうやん」

弓子も、ひとつだけになった招き猫に自分を重ねている。彼女もひとりだから、この蕎麦屋を訪れては、二つの招き猫に癒《い》やされていたのだろう。夫の作品ではなくても、同じ窯元のものだ。だから、壊れたものを見捨ててはおけなかったのだ。

「ずっと、旦那の作品集めてて、うちにぎょうさんあるんや。けど、欠けたり割れたりも多いよって、金継ぎおぼえてん。だいぶ上手になったんやで」

陶器の猫の話ばかりで、彼女は生きたシャム猫の話はしない。サンドイッチの店では、必死でさがしている様子だったのに。

「あの、この前サンドイッチ屋さんに張り紙のあったシャム猫、あなたの猫ですね。あの子のお腹にハートマーク、ありましたよ」

すると彼女はしばし考え込み、ため息とともにカバンをさぐると、一枚のチラシを取り出した。

「うん、うちのポストにこれ入ってたわ。あちこちの家にも、いちいちチラシ配ってんのかいな、お人好しやな」

張り紙になっていた、猫の飼い主をさがすあのチラシだ。そこには、ハートマークがあると新たに書き足されている。

さがしていた猫だとわかったのに、彼女はよろこんでいる様子はない。引き取りにも行っていないのだ。

「あのサンドイッチ屋さんも、あずかってくださってるかたも、みなさん、飼い主のところへ返したいと思ってますよ。一生懸命に、飼い主をさがしてるんじゃないでしょうか」

「そやけどあたし、ホントは飼う自信ないんや。チコは、別の人に飼うてもろたほうがええかもしれへん」

シャム猫は、チコという名前らしい。

「お腹のハートマークみたいなんは、脱毛症や。あたしの友達が飼うてたんやけど、急に亡くなってなってな。それでチコは、友達のとこへ帰りとうて、ストレスで毛が抜けてしもたし、あたしのとこから逃げ出したんやと思う」

「そうだったんですか」

けれどもう、元の飼い主はいないのだ。彼女が飼わなくても、猫は家へ帰れるわけじゃない。会話が途切れたタイミングで、弓子の蕎麦が出来上がる。それもあって、しばらくは黙ったまま、ふたりで向かい合って蕎麦をすすった。

ほとんど初対面の人と、ひとつのテーブルで同じものを食べているのを不思議に思うけれど、娘夫婦の他に、この街に知り合いのいない弓子にとって、けっして居心地の悪い食事ではなかった。

「ここのん、うまいやろ?」

弓子は笑顔で頷く。彼女も表情がゆるむ。ずっと眉をひそめっぱなしだったからか、きつい顔だと思い込んでいたが、よく見ると眉が下がり気味で、人なつっこい印象だ。

「チコは神経質な子やて、友達も言うてたわ。ちょっと留守にすると毛が抜けるて。通夜が始まる前にあずかったときから、もう毛が抜けかけとった。それがハートの形みたいな抜け毛で、なんや、愛情をほしがっとるみたいやん? あれ見たときにあたし、飼わなあかんと思た。そやけど、あたしは猫が苦手でなあ。旦那は生前、猫好きやったけど、飼うたことはなかってん」

食べ終わると、彼女はまた、猫の話を始める。陶器の猫は、かわいらしい表情をいつでもこちらに向けてくれる。いたずらもしないし、病気にもならないが、本物の猫は手がかかる。「飼い方なら、わたしも少しは相談に乗れます。誰かが飼ってあげないと、あの子は生きていけません」

「そやけど、脱毛症を直す方法がわからへん」

彼女が言うには、毛が抜けたときは、人の食事だけれど猫が好むものを少しだけ分けてあげるのだと、元飼い主の友人に聞いたことがあるそうだ。猫がパンを好んでいるのはすぐにわかった。パンが置いてあったら盗み食いしようとするらしい。しかし、なかなか脱毛症は治らない。パンをたくさん与えるのは、体によくなさそうだと悩み、彼女は、友達が他に何を食べさせていたのか、思い出そうとしたそうだ。

「本当は、猫に人の食べ物をやったらあかんのやろ？　でもサヨちゃんは、自分の好物が猫も好きやて言うてたんよ。同じもん食べると、チコは安心するんか、脱毛症が治るんやて。サヨちゃんがパン好きやったのは確かや。朝は必ずトーストて聞いてたけど、他に何を食べてたんやろ。パンといっしょに、それもチコは食べてたんちゃうかと、思いつくもんをあげてみたけど、食べへんねん」

それで彼女は、パンに合いそうなおかずで、友達も猫も好きだったと思われるような食べ物を知りたかったのだ。

「こんな陶器なら、壊れても直せるけどな。チコの心、サヨちゃんがおらんようになって、壊れたまんまや。サヨちゃん、どんな猫まんまを食べてたんやろ。あたし、なんもわからへん」

はっとして、弓子は問う。

「猫まんま？　猫まんまが、サヨさんの好物だったんですか？」

「そや、サヨちゃん、パンと猫まんまがおいしいて言うてたことがあるねん。そやから、味噌汁にパン入れてみたけど、チコは食べへんし、わけがわからへん」

テーブルに置いたままのチラシに、弓子は目を落とす。さっきから、猫まんま、という文字がちらりと見えているのが気になっていた。モノクロでシャム猫のイラストがプリントされた紙には、猫のお腹にハートのマークがあると、ピンクのペンで手書きされている。折り目がついているので、少しめくれていて、裏はサンドイッチが印刷されたチラシだとわかるのだが、そこに、同じようにピンクの手書きの文字がある。

〝猫まんまサンド　あります〟

これは、弓子の目の前にいる彼女に向けたメッセージだ。近所にばらまいたチラシじゃない。

「あの、これからサンドイッチ屋さんに行ってみませんか？」

猫まんまサンドの文字を見せながら、弓子は腰を浮かせた。

＊

これはあんまり売れないでしょ、と思っていた〝猫まんまサンド〟が、意外と売れた。わたしが首を傾げる一方で、笹ちゃんは満足げだ。

「こっちの猫まんまも、ふと食べたくなるのよね」

「そっかー、これも猫まんまかあ。そういや、聞いたことあるね」

「うちでも、お父さんはこっちの『猫まんま』派だったよ」

「うん、そういえばそうだった」

わたしたちも、子供のころによく食べた。猫まんまは味噌汁派の母は、それをカツオブシごはんと言っていたので、日頃の食べ物に母の影響が強かったわたしたちにとって、猫まんまと聞いてまず浮かぶのは味噌汁をかけたごはんだったのだ。

世の中には、二種類の「猫まんま」があるということを、わたしはすっかり忘れていた。

「でも、サンドイッチにしちゃうってどうなの？」

サンドイッチは、カツオブシの猫まんまだ。

その名の通り、はさんであるのは削ったカツオブシ。ほどよく醬油が染み込んだカツオブシを、カリッと焼いたトーストにのせ、サンドしてある。パンは他のサンドイッチにくらべて厚めで、内側はふんわりした食感だ。薄切りにしたバターもはさんであるので、パンとカツオブシがマイルドに混ざり合って、小麦とカツオブシの香りが幸せな一口になる。

なつかしいような、ほっとする味でありながらも、カツオブシごはんとはまた違う、新しい感覚が楽しめる、はずだ。

一見地味なので、商品としてはどうかと思っていたが、もちろん試食したわたしは気に入っていたのだから、売れたのは素直にうれしい。

「カツオブシってすごいね。考えてみれば、おいしいの元が詰まってるんだもんね」

「そう、万能なの。味付け、風味付けにもなるし、ツナと混ぜたり千切りキャベツに重ねたりすると、水分を吸ってくれるうえに旨《うま》みも加わるんだから」

そんなふうにも使っていたのか。と思うわたしは、まだまだ勉強が足りない。

「いらっしゃいませ」

ドアが開く音を背後に感じると同時に、わたしたちはおしゃべりをやめて、お客さんを迎える。入ってきたふたりを見て、わたしは「あっ」と声を出しそうになった。

赤い長靴の居戸さんと、その後ろからは、木田さんがついてきている。思いがけない組み合わせだ。

居戸さんは、小走りでわたしに詰め寄ると、いきなりチラシを突き出した。

「これ、本当にあるん?」

笹ちゃんが書いた、〝猫まんまサンド　あります〟の文字を指さしている。

「はい、ございます」

ショーケースに残っていたのは二つだけだ。トレーごと取り出し、笹ちゃんはケースの上に置く。

「こちらです。猫まんまサンド」

しげしげと眺め、居戸さんは意外そうにつぶやいた。

「カツオブシ……？　猫まんまちゃうやん」

「わたしはカツオブシのごはんを猫まんまって言いますよ。地域によって違うんだとか」

木田さんが言うと、居戸さんは以前とは違い、素直に受け止める。

「そうなん？　たしかに、カツオブシなら猫の好物やけど、あたしは子供のころから、味噌汁ごはんが猫まんまやったさかい」

いつのまにか、ふたりの距離が縮まっている。

こんがり焼いたトーストの、カリッとふわっとした断面から覗くのは、褐色のカツオブシと、乳白色のバターだ。

「トーストにカツオブシをのせる人、案外いるんですよ。このごろは納豆トーストも浸透してきたし、海苔《のり》の佃煮《つくだに》も合うんです。ごはんのお供はパンのお供にもぴったりなんです」

納得したように頷いていたが、居戸さんはサンドイッチから一歩退《しりぞ》く。

「サヨちゃんとチコの好きな猫まんまは、パンとカツオブシ、そうやったんや。そんで、脱毛症が治るやろか。おねえさんがた、お代は払うよって、あのシャム猫に食べさせたってくれへん？」

「本当に、猫を手放すつもりなんですか？」

木田さんが言う。猫を引き取るために来たのではないのかと、わたしは驚きながら、笹ちゃんと顔を見合わせた。

「あたし、上手に飼ってやれへん。サヨちゃんに申し訳ないわ」

「前の飼い主さん、亡くなったそうなんです。それで、猫が脱毛症に」

木田さんはわたしたちにも説明してくれる。シャム猫は、居戸さんがその人から引き取ったけれど、逃げ出してしまったのだ。そして猫の好物もわからずに、居戸さんはすっかり意気消沈してしまったのだろう。

笹ちゃんは、居戸さんがほしかったサンドイッチを見出《みいだ》したけれど、もう遅いのだろうか。

いや、そんなことはない。

「あのシャム猫は、あなたに迎えに来てほしがってると思います」

大事なことをはっと思い出して、わたしは言う。

「猫の脱毛症、いったんは治ってたんです。ここへ迷い込んだときには、誰もハートのマークなんて気づかなかったし、小野寺さんがイラストを描いたときも、そんな特徴があれば描き込んだと思います。少なくとも、毛の抜けは目立たなくなってきてたはずなんです。だから、あなたの家で少しずつ、癒やされていたんじゃないでしょうか」

猫が帰れなくなったのも、慣れない場所だからで、けっして帰りたくなかったわけではないはずだ。

「そうよ、サヨちゃんの猫まんまをあげれば、脱毛症はよくなるんでしょう？　また治りますよ、きっと」

木田さんもなだめる。猫の好物を、脱毛症を治したいとの思いで知ろうとしていたなら、居戸さんに飼う資格がないとは思えない。

「サンドイッチは、猫にはあげられませんけど、カツオブシは、味付けしてないものなら猫が食べても大丈夫です。パンも、たまになら。シャム猫ちゃんの好物、取り上げるのもストレスになっちゃうでしょうから。これ、持っていってください」

笹ちゃんは、余ったパンとカツオブシの入った袋を手渡す。居戸さんはまだ迷っている様子だったので、木田さんが受け取り、しみじみとつぶやいた。

「同じものを食べるって、なんかこう、仲間のような家族のような、親しみがわきますもんね。一品だけでも、そう、わたしの好きなものを、いっしょに食べて、おいしいって笑顔になってくれるって、いいなと思うんです」

もしかしたら猫にも、それがわかるのかもしれない。

「ああ、そやな、同じもんなんや、サヨちゃんが食べてたものや」

居戸さんはそう言って、やっと猫まんまサンドを手に取った。

サヨちゃんという人は、毎朝きっと、トーストにカツオブシをのせて食べていた。それを猫まんまだと言い、自分とシャム猫の好物だと、居戸さんに話したことがあったのだろう。サヨちゃんの食事時には、匂いを嗅ぎつけたシャム猫が、そばに来てきちんとお座りをする。そうして、同じものを食べる猫と、心を通わせていた。

「これ、ちょうだい。あ、二つともな」

「はい、ありがとうございます」

わたしたちは声をそろえる。

「あんたも食べてや」

居戸さんは、木田さんに言う。

「いいんですか？　ありがとう」

「チコと仲良うなってもらわなあかんし。飼い方教えてくれるんやろ？」

「そうですね」

木田さんはうれしそうだ。飼い猫と別れ、この街に引っ越してきて、少し寂しそうだったけれど、きっとここでも楽しく過ごせるようになるだろう。

肩を並べて出ていくふたりの老婦人を見送っていると、いつの間にかコゲも、わたしたちの足元で同じように見送っていた。

4

驚きのパン

朝からなんだか落ち込んでいるのは、どんよりした曇り空のせいだ。もうじき雨が降るに違いない。秋も深まりつつあるこの時期、お日さまがない日はぐっと冷え込み、出かけるのを億劫《おっくう》にする。だからか今日は、お客さんが少ない。

つい漏れてしまうため息の原因を、わたしはお天気のせいにするが、笹ちゃんが怪訝《けげん》そうにこちらを見ている。

「どうしたの？　蕗ちゃん」

「ん……、お客さん、来ないね」

「そうだね。雨、降ってきたみたいだし」

「えー、もう？　ランチタイムまでは待ってほしかったのに」

「ま、予想の範囲だよ」

笹ちゃんが言うように、予想していれば何が起こってもあわてることはない。今日のサンドイッチはふだんより少なめにつくってある。しかし予想はしていても、やっぱりダメージを食らうことだってある。

今朝、『かわばたパン』に用があって訪ねたとき、開店前だったが店舗のドアは開いていて、厨房《ちゅうぼう》にいる麻紀さんの声が聞こえてきたのだった。

『店長、昨日のデート、楽しかったですか？』

川端さんと話しているのだと思うと、わたしはどきりとして、声をかけるのをためらった。

川端さんの返事はよく聞こえなかったけれど、『よかったですね』という麻紀さんの言葉がすべてを物語っていた。

そのあとたぶん、川端さんが店頭に出てきて、わたしはパーティ用の山型食パンの注文を済ませて帰ってきたはずだけれど、よくおぼえていない。それから頭の中は曇り空で、もしかしたら雨も降り出したかもしれない。

店のドアが開く。わたしは急いで、頭の中の雲を追い出す。ランドセルを背負った女の子が駆け込んでくると、そのあとから少女の祖母だろう女性が、傘を差しながら歩いてくるのが見えた。

「いらっしゃいませ」

女の子は、早速ショーケースを覗《のぞ》き込んでいる。小学生でも高学年くらいだろう。サラサラの髪を長く伸ばしている。祖母らしい女性は、傘を外の傘立てに置き、ゆっくりと店内に入ってきた。

「こんにちは。あらまあ、いろんな種類があるねえ。秋美《あきみ》ちゃん、どれにする？」

おだやかな雰囲気のおばあさんに対し、少女の表情は硬い、というか、眉間《みけん》にしわが寄っている。ショーケースの中をにらみつけているが、黙り込んだままだ。

「あのう、やわらかいサンドイッチはありますやろか。この子、歯が痛くて歯医者へ行くところなんですけど、治療前に食べとかな、しばらく食べられへんよってお腹がすくて言いますねん」

なるほど、歯が痛くてこの顔なのか。わたしは納得しつつ、少女に笑顔を向ける。

「タマゴサンドはいかがでしょう。パンも卵焼きもふんわりで、やさしい食感ですよ」

「ふつうやん」

と少女はつぶやく。わたしはちょっと気になったが、聞こえなかったふりをする。

「それにしよか。おいしそうやし」

「おばあちゃん、『かわばたパン』のパンなんやから、おいしなかったらあかんやろ。誰がつくってもおいしいはずや」

『かわばたパン』のパンだと知っているらしい少女は、きっと川端さんのパンが好物なのだ。

結局タマゴサンドを買ったふたりは、店内で食べると言い、イートインスペースに移動する。

おばあさんはコーヒーを注文し、少女は備え付けの水を紙コップに注いでいた。

「サンドイッチって、誰でもつくれるのに。『かわばたパン』のパンやから売れるんやろな」

店内にはまばらに客が訪れるが、総じて静かだ。客足が途切れると、ふたりの会話が聞こえてしまう。誰でもつくれるだなんて、口をはさみたくなるが我慢する。

「誰でもつくれへんよ。このきれいな卵焼き、やっぱりプロはちがうんやで」

さすが、おばあさんはわかっていらっしゃる。しかし小学生は納得しない。

「卵焼きくらい、おばあちゃんのだっておいしいよ」

「こんなに明るい黄色に焼かれへんわ。それに、なんやろ、だし巻きとはちゃうけど、ふんわりしてて卵の風味と塩味がええあんばいやんか」

「そやけど、サンドイッチてゆうたら、ハムやレタスをはさんだらしまいや。パンは、なかなかつくられへん。うん、ハムやレタスも、一からつくれる人はすごいって。料理とかも、レストランのシェフがすごいのはわかるけどさ」

笹ちゃんが聞いていませんように、とわたしは願う。食べ終えたふたりが出ていって、わたしはやっと、ほっと息をついた。

イートインスペースのテーブルを拭《ふ》いていると、何か落ちているのに気がつく。水色の、フェルトでできたパスケースだ。拾い上げると、パンダのアップリケがあり、川端さんが持っているものによく似ていた。

川端さんのものは、ちらりと見ただけだけれど、色が違うから、彼が落としたわけではないだろう。

さっきの女の子のだろうか。それとも、もっと前に来たお客さんのか。

二頭身の丸っこいパンダが、食パンを抱えているデザインは同じだ。このパスケースも手作りみたいだから、川端さんのものと同じ人が作ったのかもしれない。その人は、『かわばたパン』と川端さんのファンか、もっと親しい人だ。だとしたら、この近くにはよく来るのだろう。

「それ、川端さんに預けたら？　さっきのお客さんのなら、『かわばたパン』のこと知ってたし、あちらの常連客かもしれないから」

キッチンから出てきた笹ちゃんが、パスケースを覗き込む。

「笹ちゃん、まさか……、聞いてた？」

「お客さんの会話？　聞こえてたけど、べつに気にしてないよ。誰でもつくれるサンドイッチだから、お客さんはふだんに食べたいと思うのよ。朝や昼休みに、ほっと一息つける、いつもの味がいいの。それでいて自分でつくらなくていいし、気分で気軽に具材を選べる、うちはパンの定食屋さんみたいなものよ」

たしかに、昼休みには自分の体調に合ったものが食べたいし、そのときイメージするのはよく知った食べ物だ。今日は煮魚の気分、唐揚げの気分、と考えるとき、ふだん食べないものは浮かばない。定食屋さんに行けば、何か食べたいものがあるはずだと思うように、『ピクニック・バスケット』へ行けば、何か選べると思ってもらえるよう、笹ちゃんは具材を選んでいる。あっさりもガッツリも、野菜や肉、そして魚もある。

「歯が痛くても、残さずに食べてくれたんだから、お腹は正直だよね」

うれしそうに笑う笹ちゃんは、きっと正しい。笹ちゃんの努力に気づかなくても、おいしく食べてもらえるなら、『ピクニック・バスケット』は幸せだから。

＊

パンをつくれる人はすごい。ただ小麦粉こねたって、あんなふうにふわふわでいい香りのするパンにはならないのだから、尊敬する。世古《せこ》秋美は、ずっとそう思ってきた。だから、このところクラスメイトの元村大志《もとむらたいし》がちやほやされるのには、反発を感じている。

元村は、パン作りがうまいらしい。クラスでそんな評判が立ったのは、彼の誕生会に呼ばれた数人の会話からだ。母親が習ってきたパン作りを手伝ううち、ひとりでもつくれるようになり、母親が焼いたものよりおいしいとほめられ、友達にも振る舞ったところ、好評だったらしいのだ。

今も、元村の周囲で誰かがパンの話をしている。『かわばたパン』よりおいしい。とクラスメイトの声が聞こえてきて振り向くと、元村がまんざらでもなさそうに照れ笑いをしていた。

「おいしいったって、素人やん?」

教室で、仲良しの留香《るか》を相手に秋美はつぶやく。つぶやいたつもりだったが、意外と大きな声になっていたことに気づくと、もう開き直ってしまう。

「パンはね、難しいんやで。誰でも簡単にできるわけちゃうから、みんなお店で買うんやろ?」

「でも、手作りなら余計なもん入ってへんし、売ってんのより体にええんちゃう?」

のんびりした口調で、留香が応じる。秋美はさらに大きな声になる。

「売ってんのだって、余計なもんなんか入ってへんよ。むしろ、材料にもこだわって、家でつくるよりええもん使こてるわ」

「ふうん、そうなんや」

「えらい詳しいみたいな口ぶりやな、世古」

そう言ったのは、いつの間にか秋美のそばに立っていた元村だ。彼は腕組みして、椅子に座っている秋美を見下ろすが、立てば秋美のほうが背が高い。元村は、クラスの中でも小さいほうなのだ。

「うん、詳しいよ。パンならいろいろ食べてるし、本当においしいパンは飽きへんもん」

「食べるだけやったら、それこそ誰でもできるわ。一回でもつくったことあるんか？」

彼の言うことはもっともだ。しかし、クラスメイトの視線が集まっている今、秋美もここで引くわけにはいかない。

「素人レベルなら、わたしにだってつくれるよ」

「ふうん、ド素人やのに素人レベルすら無理ちゃう？」

元村は、おとなしそうに見えて案外頑固だ。食いついたら離れない、スッポンみたいなやつだ。

「一流のパン職人に教えてもらうから。『かわばたパン』でね！」

うっかり啖呵《たんか》を切ると、元村はよほど驚いたのか、やけに素直な言葉を口にした。

「教えてもらえるん？」

「そ、そりゃあ、わたしがお願いすれば」

「すげえ、おれも教えてほしい。知り合いなのか？」

秋美に腹を立てていたことも吹き飛ぶくらい、彼にとっての『かわばたパン』はあこがれだったようだ。考えてみれば、上手にパンをつくれるというのだから、おいしいパンの店だって知らないはずはない。

「まあね……。で、でも、誰にでも教えてくれるわけじゃないから」

後には引けずに、秋美は言う。

「なんで？　世古はよくて、おれはダメなん？」

彼を納得させる理由が思いつかなくて、秋美は黙るしかない。

「なあ、ああいう店って、企業秘密とかあるんちゃうん？」

その場で聞いていた留香が口をはさむ。助け船、かどうかは微妙だ。

「そやな。素人の小学生に教えてくれるわけあらへんわ」

「わたしはとくべつなの！」

「ホンマ？　うそはあかんで」

「じゃあさ、食べくらべで確かめたら？　どっちのパンがおいしいか。そしたら、秋美ちゃんが本当のこと言ってるかどうかわかるやろ？」

留香は公平だ。こういうとき、秋美の味方をしてくれるわけではない。しかし、留香に加勢してもらえなくても、秋美には『かわばたパン』がついている。素人元村になんか負けるわけがない。と思っても、いきなり勝負だなんて、やっぱりちょっと腰が引ける。

「ええよ、いつ？」

元村は、あきらかにやる気だ。

「食べるもん、学校に持ってきたらあかんやん」

秋美は抵抗を試みるが。

「そや、こんど、町内会で生駒山《いこまやま》ハイキングがあるやん？　そこでパンを食べくらべるんはどうや？」

元村は、じつは秋美と同じマンションに住んでいる。同じ町内会に属しているわけだが、秋美はハイキングのことは知らなかった。

「そんなんあるん？」

「まだ申し込めるで。町内の子だけやなくて、友達連れてってもええはずや」

「いいね、秋美、行こうよ」

留香もやる気になっている。秋美には、うまく断る方法が思いつけなかった。


秋美の両親は共働きで忙しい。運動会も参観日も、祖父母しか来なかったこともめずらしくないくらいだ。町内会のイベントも、仕事があればいいのにと願った秋美だったが、母が行ってもいいと請け合った。ふだんならよろこぶところだが、今回ばかりはよろこべない。

どうしよう、と悩みながら、とりあえず区の図書館でパン作りの本を借りた。学校の図書館だと、誰かに見つかるかもしれないし、お小遣いも少ないから本屋さんで買うわけにはいかない。

しかし、作り方を読んでみても、今ひとつピンとこない。家に道具やオーブンがあるのかどうかもわからない。オーブントースターでは無理そうだし、オーブンレンジという名の電化製品は、レンジ機能しか使ったことがない。

帰りがけに、マンション近くの商店街に寄り、母に頼まれていたコロッケの列に並びながらも、パンのことばかり考えている。

「秋美ちゃんとこも、今晩コロッケ？」

すぐ後ろに並んだのは、商店街に住む高校生の成田《なりた》真理奈だった。成田青果店の娘で、その野菜は、母が気に入っているのでよく買っている。とくに、トマトはここのでないとダメだという。秋美もよくお使いに行くので、たまに店番をしている真理奈とは顔見知りだ。

「真理奈ちゃんとこも？」

「うん、ここの、おいしいやんね。ミンチカツもいいな」

ショートボブでよく日焼けした真理奈は、活発なお姉さんで、気さくに接してくれるから、昔から秋美は慕っている。

「そや、真理奈ちゃんはパンつくれる？」

「パン？　つくったことないけど」

「そっか」

「つくりたいん？」

「町内会のハイキングに、つくって行かなあかんねん」

「生駒山のハイキング？　あたしも行くよ」

「ホント？　いっしょに行けるん？」

それはうれしかったけれど、パンの悩みが解消されるわけではない。

「なんで、パンをつくって行かなあかんの？」

問われて、秋美は口ごもる。元村をコケにしたからだ。それはちょっと、自分がいけなかったと思うところもあるから、人には話しにくい。でもあんなことを言ってしまったのは、秋美の大好きな『かわばたパン』をバカにされたような気がしたからだ。

しかし、いくら口だけ強気になっても、自分が彼と勝負すれば結果は見えている。

秋美が負けたら、『かわばたパン』が見下されるのを認めたみたいで我慢できないのに、どうすればいいのだろう。

「パンの作り方、わかる人おるかなあ」

考え込む真理奈が背負っているのは、テニスのラケットバッグだ。気づいた秋美は、彼女が靭公園のテニススクールに通っていたことを思い出した。

「真理奈ちゃん、靭公園へ今も通ってんの？」

「土曜はたまに」

「連れてってくれへん？」

「テニスすんの？　体験とかならできるけど」

「体験する！」

靭公園から、『かわばたパン』はわりと近くだ。真理奈とテニススクールの体験に行くと言えば、母もダメだとは言わないだろう。

＊

パンダのパスケースを誰が落としたのか、気がつくとわたしは考えてしまっている。あの日、小学生の女の子が来る前に、イートインスペースにいたのは……、華やかな雰囲気の三人組のOLだった。その隣に、颯爽《さっそう》としたキャリアウーマンふうの人もいた。川端さんの好みはどっちだろうとか、あれこれ想像しては落ち込むのはわたしの悪い癖だ。

このごろは、手作り品だってふつうに買える。手作りキットなら同じデザインの手作りを、いろんな人が持っていることだってある。

結局、あの日から数日は、川端さんに会えなかった。店を離れる余裕もなく、パンを届けてくれた彼とはタイミングが合わず、話すことができなかったので、仕事が落ち着いた土曜日に、『かわばたパン』を訪れることにした。

夕方、すでにパンは売り切れて、閉店の札がかかっているドアを開ける。販売員の姿ももうなかったが、間もなく厨房から麻紀さんが姿を見せた。

「蕗子さん、いらっしゃい。あ、店長に用ですか？」

そうだけれど、いきなり川端さんに訊《き》くのも緊張する。と思ったわたしは、麻紀さんが川端さんのパスケースを見たことがあるかどうかも含め、確かめてみることにした。

「麻紀さん、あの、つかぬ事を伺いますが、川端さんのパスケースって見たことあります?」

「ああ、パンダの」

あっさりと答えた麻紀さんは、それをおもしろがっているわけでも、不思議に思っているわけでもなさそうだった。

「店長がああいうの使うって、くれた人によっぽど嫌われたくないんでしょうね」

それも、よくあることだというような、淡々とした口調だ。

「た、大切な人からもらったんですね……。手作りですか?」

「そうですね。それで、パスケースのお礼ってことで、この前やっと埋め合わせができたみたいです」

「……デートの?」

やっぱり淡々と頷《うなず》き、それから麻紀さんは、はじめて目を細め、にやりと笑った。

「でね、水族館でペンギンの帽子をおそろいで買ったって。ぬいぐるみの被《かぶ》り物みたいなやつですよ。写真もあって、ちょっと笑っちゃいません?」

笑えない。そこへちょうど、川端さんがやって来たので、引きつった顔のまま対面してしまった。

「いらっしゃい、蕗ちゃん」

それでも川端さんはさわやかな笑顔を向けてくれる。

「店長、蕗子さんはあのペンギン写真、見たいそうです」

「西野さん、なんで余計なことを」

「似合ってましたよ。蕗子さんも笑ってくれますって」

「いえっ、見たくないです！」

ついい言ってしまうと、川端さんはなぜか残念そうな顔をする。

「だね、べつに見たくないよな」

楽しそうなデート中の写真なんて見たくない、とは言えない。

「その……、川端さんが見せたくないなら、無理に見たくないというか。そ、それよりこれ、拾ったんです。川端さん、心当たりはないでしょうか」

急いで、拾ったパスケースを見せる。川端さんはポケットをさぐり、色違いのものを取り出した。

「僕のはあるけど……」

同じパンダのデザインで、同じように手縫いのパスケースだ。違うのはケースの色と、川端さんのにはＩＣＯＣＡカードが入っているが、わたしが拾ったものには何も入っていなかった。

覗き込んで、麻紀さんが言う。

「じゃあこれ、彼女のじゃないですか？　おそろいでつくったんでしょうね」

「えっ、おそろいなんや」

川端さんはまるきり意外そうだったけれど、わたしはそれどころではない。

「もしかして店長、おそろいかどうかも知らずにもらったんですか？」

おそろいの、彼女のなんだ。笑顔をつくるので精一杯のわたしは、変なことを言い出す前にとパスケースを川端さんに押しつける。

「じゃあこれ、川端さんから返していただけますか？　よかった、落とし主が見つかって」

ほとんど逃げ出すように、きびすを返したものの、よく前を見ていなかった。戸口から駆け込んできた人とぶつかりそうになり、あわてて体の向きを変えようとしたので、よろけて尻餅《しりもち》をついてしまった。

「蕗ちゃん！　大丈夫？」

川端さんが手を差し出す。恥ずかしくてうろたえていたのと、つかんでいいものか迷ったのとでパニックになりながらも、たぶん手を借りて立ちあがる。

「はい……、やだな、盛大にコケましたよね」

照れ隠しに笑うわたしを、難しい顔でじっと見ているのは、駆け込んできた少女だ。そう、小学生くらいの、サラサラロングヘアの女の子、と観察したところで、わたしはその子を見たことがあると気がついた。

「あれ？　あなた、前にうちのサンドイッチを買ってくれた……」

少女もわたしに見覚えがあったのか、頷いた。

「サンドイッチ屋さん、なんでここにいるんですか？」

なぜか、にらまれている。彼女の視線をたどると、川端さんの腕をしっかりつかんでいる手がある。自分の手だと気づき、急いで離すと同時に、やたら汗が出てきた。

「蕗ちゃんは、これを拾って届けてくれたんや」

「それ、わたしのパスケース！」

川端さんに駆け寄った少女は、うれしそうに受け取ったが、また眉間にしわを寄せてわたしをちらりと見た。

「なんであの人が、勇《いさむ》くんのところへ持ってくんの？」

「僕が色違いのを持ってたから」

「見せたん？　人に見せたらあかんて」

「ごめんごめん」

あれ？　とわたしは首を傾げる。川端さんと少女は、知り合いなのだろうか。

「店長、よく落とすから。スタッフもみんな見たことあるよ。なんで見せたらあかんの？」

麻紀さんが言うと、彼女はムッとして口をとがらせる。

「うちらだけの秘密ですから」

「ふうん」

子供相手だからって愛想よくはならない麻紀さんが苦手なのか、少女は川端さんの腕にしがみついた。

「あの、川端さん、知り合いなんですか？」

「うん、姪《めい》の、世古秋美」

姪、だったのか。それで彼女は、『かわばたパン』に思い入れがあったのだ。

「彼女がつくったんですよ。うまいでしょう?」

パンダのパスケースは、たしかによくできていた。つまり、川端さんは姪っ子にもらったものだからこそありがたく使っていたのだろうし、大事そうにしていたのだ。

「もう、見せんとって」

頬を染める少女は、子供らしくてかわいい。おそろいにしたのも、川端さんのことが自慢で大好きだからに違いない。

そしてわたしは、またにらまれる。美人の麻紀さんがにらまれないのは、やっぱり目力の違いだろうか。

「蕗子さんって、秋美ちゃんのこと知らんかったん?」

頷きながら、わたしはようやく、大事なことを理解しつつあった。

パンダのパスケースをもらったお礼に、川端さんがデートをするのだと、麻紀さんは言った。前に、なかなか時間がなくてすっぽかしたとかいう話も聞いたことがある。で、埋め合わせに水族館へ行った。というのはみんな、この秋美ちゃんとのことだ。

わかってしまうと、なんだか急に力が抜ける。口元もゆるむ。

「そっか、姪御さんとデート……」

「わたしは姪ちゃいます。大きくなったら勇くんと結婚するの」

「それは無理」

麻紀さんは容赦ない。

「じゃあ勇くん、誰とも結婚せんとって」

「秋美ちゃんも、誰とも結婚せえへんの？」

困る川端さんの代わりに、麻紀さんが突っ込む。

「せえへん。勇くんよりかっこいい人、おらんもん」

「世間知らずやね。店長よりおいしいパンを焼く人やったら？」

「そんな人もいません」

「いやいや、いっぱいおるて」

「麻紀さん、それくらいで」

川端さんがしょんぼりするのを見て、わたしはやっと、麻紀さんの本音暴走を止めた。

「そや、わたし、勇くんに用があってん。パンの作り方教えて！」

パンの話になって、秋美ちゃんは急に思い出したようだ。が、今度は麻紀さんとは別の、厳しい声が背後から飛んできた。

「いけません」

閉店と札のあるドアを開けて、新たな人が現れる。パンツスーツがかっこよく決まった女性だ。スタイルだけでなく顔立ちも美しくて、モデルさんみたいだと見とれてしまう。

「お母さん……」

秋美ちゃんがそう言った。

「勇の仕事場に行ったらあかん言うたやろ！　それも、真理奈ちゃんとテニスするってうそついて」

「うそじゃない。真理奈ちゃんとテニス行って、帰りに寄っただけやもん」

「真理奈ちゃんが、『かわばたパン』まで送ったって連絡くれたんや。勝手なことして、迷惑かけるんやないで！」

美人が怒ると迫力がある。わたしは呆然《ぼうぜん》と見ているしかない。麻紀さんは興味津々で観察しているし、結局川端さんが割って入った。

「まあまあ、姉ちゃん。そもそも秋美ちゃんは、なんでパンをつくりたいん？」

「勝負するねん！」

力強く宣言した彼女が、それから一生懸命に語ったところによると、パン作りを自慢しているクラスの子に、対抗心を燃やしているらしい。

「そうか。教えるくらいええけど」

「忙しいのにええて。この子につきあってたら仕事にならへんやろ」

「一時間くらいなら。明日《あした》は日曜で定休日やし」

川端さんはそう言って、秋美ちゃんに微笑みかけた。

「でも、勝負ならフェアじゃないとな」

秋美ちゃんは首を傾げる。

「まず、手順は教えるけど、勝負のパンは秋美ちゃんがひとりでつくらなあかんよ。家にある道具を使って、家のオーブンで焼くこと。できる？」

頷き、彼女はお母さんのほうを見る。

「オーブン、うちにある？」

「オーブンレンジやから、オーブンになる、はずや」

やったー、と秋美ちゃんが飛び跳ねると、みんなに笑顔が伝染した。

「でも秋美ちゃん、パンだけじゃお弁当にならへんよ。パンをおいしく食べる方法は、このサンドイッチ屋の蕗子さんに訊くといいよ」

麻紀さんに助言され、秋美ちゃんは疑わしそうにわたしを見た。

「サンドイッチくらい、教えてもらわんでもできるし」

「そうかな。プロに訊けば、失敗したパンでもおいしくなるのに」

「失敗せえへん！」

麻紀さんは、案外失礼なことも平気で言う。案の定、秋美ちゃんは言い返したが、麻紀さんはまだ引き下がらない。

「どうかなあ。ここのシェフのサンドイッチは、なかなか真似できへんよ。パンの魅力を完璧《かんぺき》に引き出すんだから」

「そんなん、もともとパンがおいしいだけです」

「秋美、やめなさい。ごめんなさいね」

秋美ちゃんのお母さんが、申し訳なさそうにわたしにわびる。

「いえ、いいんです。麻紀さんも、悪乗りしすぎだよ」

麻紀さんは大人げなくも、秋美ちゃんに不敵な笑みを向けた。

「もしかしてあなた、靭公園のサンドイッチ屋さん？　ホント、おいしいですよね。あ、蕗子さんって妹さんのほうでしょう？　お姉さんが料理をなさってるとか」

秋美ちゃんのお母さんも、うちのサンドイッチを買ってくれたことがあるようだ。うれしくなってわたしは大きく頷く。

「はい、姉の料理は最高なんです」

「なんや、この人やないんや」

また秋美ちゃんに突っ込まれてしまったが、わたしは笹ちゃんの料理が好きだからこそ、『ピクニック・バスケット』の一員であることを誇りに思っている。

「秋美ちゃん、うちの料理人は、サンドイッチの魔法使いだから、どんなパンでも最高においしくできるんだよ」

「魔法って。子供扱いしないでください」

「秋美、いいかげんにしなさい！」

お母さんの迫力に、秋美ちゃんはさすがにしゅんとなっていたが、川端さんの取りなしで、ほんの少しだけわたしに頭を下げて帰っていった。

＊

学校の帰りに、秋美を待ち伏せするように現れたのは、元村の友達だ。三人が道いっぱいに広がって、通せんぼするように立ちはだかる。何事かと身構える秋美に、真ん中の男子が言った。

「世古、おまえ、『かわばたパン』とは親戚《しんせき》なんやて？」

クラスの友達に話したことはないけれど、どこからか耳に入っても不思議ではない。母は時々、ママ友からパンの取り置きを頼まれていた。しかしそれが面倒で、秋美にも自慢しないよう釘《くぎ》を刺した。つまりは、同級生の保護者の中には、知っている人もそれなりにいるということだ。

「だから何？　パンの取り置きは自分で頼んでや」

「えっ、取り置きできんの？」

「ひとり二斤までや」

「違うやろ、ずるすんなやってこと！」

右側のやつが話を戻してしまった。

「ずるって何よ」

「つくってもらうつもりやろ。そんなん、本物の『かわばたパン』のを持ってきたら、元村がかなうわけないやん」

そんなことするわけないのに。パンの作り方は教わったけれど、これから自分で練習して、ひとりでつくるのだ。なのに、疑われて腹が立つ。

「かなうわけないって、なんで？　元村のは、『かわばたパン』のよりおいしいはずやん」

つい、意地悪なことを言ってしまう。

「そ、そやけど、ずるしたらおまえの負けやで」

「負けをみとめろよ、世古」

「どうせ勝負にならへん」

「いくらがんばっても無駄や」

「そんなん、わからへんやろ。わたし、ぜったいにおいしいパンを焼いてみせる」

「あいつがなんで、自分でパン焼くかも知らんくせに」

そう言った男の子は、あとのふたりにひそひそ声でたしなめられる。秋美は不快に思い、眉をひそめた。

「どういうこと？」

「とにかく、おまえの負けなんや！」

声をそろえると、三人は駆け出していった。

「なんなん？　あいつら」

負けたくない、とますます強く思いながらも、秋美は、言うほど簡単ではないことも理解していた。

勇に教えてもらったものの、ただ材料を混ぜればいいというものではなかった。こねるのに力がいるし、発酵は時間がかかるしタイミングも温度も重要だ。

ノートに書いた手順をたどっても、ひとりでやってみると、勇といっしょにつくったものとは別物になった。何度かやって、コツをつかめば大丈夫と母は言うが、コツなんてつかめるのだろうか。

きっと負ける。負けたら、『かわばたパン』の親戚なのにとますますからかわれるに違いない。『かわばたパン』が、秋美のせいで見下されてしまう。

意地になんかならなければよかった。そう思いながらも、元村に勇ほどのパンが焼けるなんて、認められないと思うのだ。

悶々《もんもん》としながら自宅のマンションにたどり着くと、今度は元村とばったり会ってしまった。

彼は一年生の妹を連れ、コンビニの袋を手にぶら下げている。秋美は目を合わせたものの、そのまま通り過ぎようとするが、元村は声をかけてきた。

「『かわばたパン』の親戚やったんや」

やっぱり、友達から聞いたのだろう。

「隠さんでもええのに」

「べつに、言う必要ないやろ」

「そやけど、ええなあと思って」

「ずるなんかせえへん、ちゃんと自分ひとりでつくる。それでいいんやろ！」

秋美がつい強く言うと、元村の妹がびっくりした顔になった。小さい子の前で怒鳴ってしまった罪悪感と気まずさに、さっさと立ち去ろうとするが、元村は困惑したように首を傾げながらまた言う。

「ちゃうねん、そういうことやなくて、好きなだけおいしいパンが食べれてええなあって」

そして、妹にコンビニの袋を渡し、家へ戻るように言い聞かせる。まだ何か、彼はこちらに言いたいことがある様子だ。秋美は身構えたが、今の言葉といい、彼には敵対心を燃やしているような気配はない。

「ごめん、世古が焼いたパン、食べられへんから。パンの味くらべはもうなしや」

妹の姿が見えなくなると、彼はそう言った。

「なんで？　どういうことなん？」

さっぱりわけがわからない。

「妹、卵アレルギーやねん。おれが食べるもん何でも食べたがるから、おれも食べんようにしてる」

勇に教わったレシピでは、たしかに卵を使っている。ハイキングには元村の妹も行くのだろうから、秋美のパンは食べられないし、味くらべなんてとてもじゃないけどできない。

「でも、元村のパンも妹は食べたことないの？」

「おれのは、卵入ってへん。卵なしのもこのごろ売ってるけど、おれがつくったほうが安心やし、おいしいって言うから」

彼のパンは、とくべつなパンだったのだ。どんなにおいしいと評判でも、妹にとっては食べられないパンだから、『かわばたパン』のものよりも、元村のパンがおいしいに決まっている。

彼の家族にとってのいちばんのパン、その話が友達に伝わって、彼がまるで自分のパンを自慢しているかのように、噂だけが一人歩きしていたのに、そこに突っかかった秋美は情けなくなった。

うつむいた秋美は、何も言えない。

「親戚のこと見下されたから、おれのことムカついたんやろ？　でも、『かわばたパン』のこと、侮辱したわけやないんや。もとから勝負なんてでけへんのに、おれ、ムキになってもうた。『かわばたパン』、前に友達のとこで食べたとき、感動したんや。こんなのつくれるようになりたいと思ったけど、卵使うわけにいけへんし、うちでは買って食べることもでけへん。世古は『かわばたパン』のをよく食べてるんやろ、そやから、おれのパンなんかとくらべられて怒ったんやと思ったら、うらやましくて、意地悪言うてしもた」

秋美がつくったパンを、ハイキングで、みんなの前で、食べられないと拒絶するつもりだったという。

「張り切ってつくっても、無駄になるとこやったわけ？」

元村は頷く。

がんばっても、勝負は成り立たないし、きっと秋美は気まずい気持ちになっただろう。知らなかったとはいえ、元村のよりおいしいと胸を張って、卵入りのパンを妹にも勧めるという、周囲が戸惑うようなことになったはずだ。

「あほらし」

「うん……、おれ、ハイキングは行かへんから。世古は楽しんできて」

「何言うてんの。勝負はこれからなんやから、来てや。元村も妹も食べられるパンにする。おいしいって言わせたるから」

元村はぽかんとしていたが、秋美は言い切った。

＊

注文しておいたパンを、川端さんが『ピクニック・バスケット』に届けてくれる。予約分なので、ふだんのパンとは少し違っているが、ふだんと同じいい匂いが店いっぱいに立ちこめる。

「注文どおりです。川端さん、ありがとうございます」

パンを確認した笹ちゃんは、やたらうれしそうだ。焼いたままの、まるごと一本の食パンを見るときはいつもそうだ。

「どういたしまして。それにしても、予約分ってことは、これからたくさんサンドイッチをつくるんですね。明日の販売分もあるのに」

「はい。でも楽しいですから」

「ふうん、山型食パンなんやな」

ちょうど店にいた小野寺さんも、覗き込む。

「そうなんですよ。一本だと山がポコポコと連なって、なんとなく見た目がかわいいですよね」

　ふっくら盛り上がったところがつやつやして、いかにもパン、っていう感じが愛《いと》おしいから、わたしも楽しくなってくる。

　いつも店頭に並べているサンドイッチは、四角い食パンを使う。食パンの型にふたをして焼くので、上も平らになるのだ。一方で、ふたをせずに焼くと、上がふくらんで山型になる。

　パスケースのパンダが持っていたパンは、こんな山型食パンだったとわたしが思い出していると、小野寺さんがそのことを口にした。

「ところで一斤王子、僕が描いたゆるキャラのパスケース持ってるんやて？」

「あのパンダ、小野寺さんのデザインなんですか？」

　川端さんを差し置いて、わたしが驚いてしまう。

「そや。西野さんから聞いたで。川端くんはパンダ好きやったんか」

　秋美ちゃんが考えて、フェルトで縫ったのかと思っていたが、図案は小野寺さんのキャラクターだったようだ。小野寺さんのファンである麻紀さんは、すぐに気づいたのだろう。

「小野寺さんのキャラが好きなわけじゃないですよ。姪がつくってくれたんです。手作りしてくれたんだから、使わないわけにいかないじゃないですか」

　川端さんは、急いで否定する。小野寺さんの人なつっこいノリが苦手な川端さんは、何かと距離を置こうとするが、たぶんツンデレというやつだ。

「そんなムキにならんでも。川端くんの姪っ子は僕のパンダが好き、その子が一生懸命つくったパンダやから気に入ってる。ゆえに川端くんは僕のパンダが好き、でええやん」

「遠慮しておきます」

「冷たいなあ」

「小野寺さんが描いた絵は、パンダがパンを持ってるんですか？」

そこは秋美ちゃんが考えたような気がして、わたしは訊いてみた。

「ああ、ちょっと違う。元の絵は、パンダが卵を抱いてるんや」

「へえ、卵ですか」

「パンダは、卵を拾ってあたためる。どうなるかは、ご想像にお任せ。で、いろんな人がネット上で絵を描いてつながるってゲーム」

「そんなこともやってるんですね」

「あ、蕗ちゃん、そろそろ出かけないと」

笹ちゃんに言われて壁の時計を見る。

「ホントだ！」

川端さんが来て浮かれていたからか、うっかりしていた。笹ちゃんに指摘され、税理士さんのところへ行く予定だったのを思い出したわたしは、急いでエプロンをはずす。

「僕も戻ります。蕗ちゃん、そこまでいっしょに」

パスケースが小野寺さんのパンダだったという事実には、反応に困るしかなかっただろう川端さんも、ここぞとばかりに退散したかったようだ。渡りに船とそう言った。

ふたりで店を出て、少し公園を歩く。空気は冷たいが、空は晴れ渡っている。

「この前は、秋美が失礼なことを言ってすみません」

わたしは、あわてて首を横に振る。

「いえ、気にしてませんから」

「いつもは素直な子なんだけど」

「かわいいですねえ、秋美ちゃん。きっと学校でモテモテなんだろうな」

モテモテとは縁のないわたしにしてみれば、素直にうらやましい。

「いやいや、まだ子供だし」

川端さんは笑って否定する。

「でも、パンが得意だっていうその子は、意識してるかも。勝負にかこつけて、ハイキングに誘ったりして」

「えっ、そういうこと？」

「でしょう？」

「いやいや、ないから。絶対に。この前までおしゃぶりが手放せなかったんですよ」

なんて、過保護なお父さんみたいなことを言う川端さんが微笑ましい。

とにかく、川端さんのかわいいパスケースの謎も、デートのことも判明した。わたしはすっきりした気持ちだったから、そのせいでちょっと浮かれていたかもしれない。

「秋美ちゃん、パンがうまくつくれそうですか？」

「どうでしょうね。パスケースは上手に縫ってたけど、パンははじめてだし、料理は苦手かも」

「それでも勝負って、頑張り屋ですね」

「あの後、卵を使わないパンの作り方を教えてって言ってきたんです」

小野寺さんが言っていた、卵を抱くパンダを思い浮かべる。秋美ちゃんは、あのゲームに参加して、卵からパンが生まれることを想像したのだろうか。それが、卵を使わないパンだとしたら、ちょっとおもしろい。

「卵の食べられない人がいるんでしょうか」

「クラスメイトの妹だとか」

パンダの卵の中に、卵を使わないやさしさが詰まっている。それが本来の秋美ちゃんなのだろう。ちょっと生意気な口をきくのも、川端さんとパンへの愛情ゆえだ。

「子供っていいなと思います。気持ちのままでいられて」

「蕗ちゃんも、素直で一生懸命な子だっただろうな」

そんなふうに言われると、舞い上がってしまいそうだ。

「わー、どうだろ。無邪気であんまり悩みはなかったかも。川端さんは、どんな子供でした？」

少し悩みながら、彼は答える。

「ほめられたい子供」

「ほめられたい！　わたしもいつもそう思ってたけど、ほめられたことってめったにないです。川端さんならよくほめられそう」

「そんなことないですよ。なぜか僕の周囲は厳しい人ばかりだったような。というか、僕自身が、ほめられても納得できなかったのかな。ほめられたいくせに、お世辞やろとか思ったりして」

「自分に厳しいからそうなんですよ。わたしなら、いくらでも川端さんのことほめられます。あ、お世辞じゃないですよ」

「ありがとう。蕗ちゃんに言われたら、信用できるかな」

川端さんがこちらを見て微笑んでくれるだけで、このごろわたしは、自分が完璧になったような気がしてくる。それ以上は望まなくても、じゅうぶんに満ち足りている。過去の恋は、相手を好きになるほど不安になったのに、今は、好きな人がいるというだけで幸せだ。

手が届かないから、もしかしたらドラマの中の人に恋をしているような気持ちなのかもしれない。

「川端さんは、パン作りには妥協がないし、繊細だし、隙がないのかなと思うと、話してると案外おおらかで楽しくて、ほっとするんですよね。パンダのパスケース、恥ずかしがりながらもちゃんと使ってるのも、いいなあって思うんです」

「実を言うと、蕗ちゃんにパスケースを見られたから、退《ひ》かれないか、ちょっと心配だったんです」

「退くなんてことはないです。誰がつくったものなんだろうって気になったけど……。それに、デートも秋美ちゃんとだったなんて、川端さんのファンとしては、やさしいんだなって一面も垣間見《かいまみ》れてうれしいです」

ファン、なんて言った自分がちょっと恥ずかしくなる。意味深に聞こえなかっただろうか。

幸い、川端さんには引っかからなかったようだ。きっと、言われ慣れているのだろう。

「デートじゃないんやけど。姉夫婦も一緒だし。秋美はそう言い張るんです」

「親戚にステキなお兄さんがいたら、デートだって言いたくなりますよ。デートにあこがれてるんです」

「あこがれかあ。いつか好きな子ができて、本気のデートをするんでしょうね。ちょっと寂しいな」

「川端さんなら、寂しがるヒマないでしょう？　わたしもペンギンの帽子、水族館でいっしょにかぶりたいくらいです」

あれ？　これって、誘ってるみたい？　とすぐに後悔したのは、微妙な間ができたからだ。

あわててごまかそうとするが、頭の中が真っ白になる。

「ペンギン、好きなんです！　かわいいですよね？」

絞り出した言葉は、ますますいっしょに行きたがっているかのようだった。

「帽子、あげようか？」

妙な会話になったことを、川端さんも戸惑っているのがわかる。わたしはもう、彼の顔を見ることができなかった。

「いやいやそんな、自分で買います！　そうだ、ラッコも好きかな。帽子とかありますかね。それじゃあわたし、会計事務所はこっちなんで、ここで失礼しますね」

川端さんのデートの相手がわかって、気がゆるみすぎだった。逃げ出すようにわたしは、点滅し始めていた横断歩道へ駆け出していた。

＊

夕方、薄暗くなり始めた靭公園のベンチに、長い髪の女の子がぽつんと座っている。秋美ちゃんだ。彼女がそこにいることを、真理奈ちゃんに知らされて、わたしは様子を見に来たところだった。

彼女はひとりで公園まで来たらしい。真理奈ちゃんがたまたま見つけて声をかけたが、帰らないと言い張ったという。じきに暗くなるのに、さすがにひとりにはしておけない。

秋美ちゃんは、紙袋を膝《ひざ》に置いて、うなだれている。近づいていき、わたしは声をかけてみる。

「どうしたの？　真理奈ちゃんが心配してるよ。お家《うち》まで送ろうか？」

顔を上げて、わたしをちらりと見たが、彼女はすぐにうつむいてしまう。

「もしかして、『かわばたパン』へ行きたいの？」

明日はハイキング当日のはずだ。ひとりではうまく焼けなくて、川端さんに相談したくても言い出せないのではないかと思ったが、彼女は首を横に振った。わたしは隣に座り、夕焼けの空を見上げる。

「すごくきれいな夕陽だよ。明日、きっといい天気だね」

それを喜べない様子だ。わたしが隣にいても、いやがる様子はなかったから、秋美ちゃんが何か言い出すのを待つことにした。

「サンドイッチの魔法、本当にどんなパンでもおいしくなるんですか？」

しばらくして、小さな声が聞こえた。

「うん、なるよ」

わたしは迷わず答えている。

「ハイキングに持っていくパン、サンドイッチにするの？　川端さんに教わって、焼いたんだよね？」

頷くが、また黙り込んでしまう。膝に置いた紙袋を、悲しそうに見つめている。

秋美ちゃんは、サンドイッチの相談がしたくて来たのだろう。でも、店へ来るのをためらっているのは、ちょっと生意気なことを言ったと自覚しているからか。

「それ、パン？」

「うまくできなかったんです」

同じレシピで、同じやり方をしても、同じにはならない。わたしだって、笹ちゃんのと同じ卵焼きはまだできないのだ。

「そっか、でも、調理でおいしくすれば大丈夫だよ。友達がびっくりするくらいステキなお弁当にしよう」

「そんなこと、本当にできるんですか？」

「うちの料理人、笹ちゃんならね」

行こう、と秋美ちゃんを促す。迷いながらも彼女は立ちあがる。

「いいんですか？」

「もちろん。サンドイッチ、つくりたくて来たんでしょ？」

やっと彼女は歩き出し、遠慮がちにわたしのあとをついてきた。

「秋美ちゃんが来たよ」

わたしが開けたドアから、おずおずと秋美ちゃんは、『ピクニック・バスケット』へ足を踏み入れる。店内で待っていた真理奈ちゃんはほっとした顔で秋美ちゃんに手を振り、笹ちゃんは明るい笑顔を向けた。

「こんにちは、秋美ちゃん」

その笑顔に誘われるように、笹ちゃんに近づいていった秋美ちゃんは、持っていた紙袋を差し出して、深々と頭を下げた。

「これ、わたしには精一杯のパンなんです。あんまりおいしくできなかったけど、友達には笑顔になってもらいたいんです」

「見ていい？」

断ってから、笹ちゃんはパンを取り出す。三つ山の食パンが、二つある。手作り感はあるけれど、見た目はちゃんとした食パンになっている。

「いい匂いじゃない」

ひとつは、焼き色はきれいだけれど、膨らみが足りない。もうひとつは、外側を少し焼きすぎたようだけれど、もう少しふっくらしているから、中のパンはやわらかそうだ。

「とにかくおいしいサンドイッチにしたいんだって」

笹ちゃんは、わたしの言葉に頷きつつも、頭の中にはもういろんな料理のイメージが浮かんでいることだろう。

「何かこう、楽しくて、みんなで盛り上がるようなサンドイッチがいいかなあ」

どんなのだろう。笹ちゃんのアイディアを知りたくて、わたしもワクワクしてしまう。真理奈ちゃんも、気になる様子でパンを覗き込む。

「そうだ、笹ちゃん、卵は使わないでね。秋美ちゃんのクラスメイトの妹が、卵が食べられないって、パンにも卵を使ってないらしいから。だよね？」

わたしが口を出すと、秋美ちゃんはあわてた様子で頷いた。

「は、はい。やだ、大事なことなのに忘れかけて」

いろんなことを一度に考えたり進めたりしなければならないのが料理だ。それを、パン作りから始めるのはなかなか大変だし、秋美ちゃんはいっぱいいっぱいになっていることだろう。

「あれ？　でも、どうしてそのことを……」

「うん、川端さんにチラッと聞いたの。秋美ちゃんはやさしい子だって」

「わたし、やさしくなんてないです」

「大丈夫、やさしくなりたいって思えるのは、やさしい証拠だから」

秋美ちゃんはやっと、体の力を抜いたように見えた。

「よかったわ、蕗子さんに頼んで。蕗子さんは、なんかこう、人を緊張させへんから」

真理奈ちゃんがそんなことを言う。

「えー、そう?」

「あたしなんか、ついタメロになっちゃうくらい、親しみやすいから」

そういうところは、これまで恋人に軽く扱われてしまう原因でもあったのだろうけれど、今は素直に、そんな自分が悪くないと思えた。

「卵なしね。わかった。えらいね。ちゃんと、いっしょに食べる人のこと考えて」

笹ちゃんにほめられて、秋美ちゃんははにかむが、ブンブンと首を横に振る。

「わたしじゃなくて、元村くんがえらいんです。妹のために、卵の入ってないパン作りを始めて、おいしくなるよう研究して。なのにわたし、『かわばたパン』よりおいしいってほめられてんのに勝手にムカついて。勇くんに教えてもらえたら簡単につくれるって思い込んで」

「じゃあもう、競争じゃなくて、いっしょにおいしいパンを食べようってことね」

秋美ちゃんは頷いたが、まだ少し不安そうだ。

「わたしでも、つくれますか?」

「大丈夫。とっても簡単だけど、みんな驚くから」

「笹ちゃん、どんなものにするか、もう決めたの？」

「うん。蕗ちゃん、あれにしよう。この前、予約注文でつくったやつ」

なるほど、とわたしは手をたたいた。

「秋美ちゃん、下準備だけこれからいっしょにやっておいて、あとは明日の朝、自分でつくれる？　パンに具材をはさむだけだから、難しくないし」

力強く、彼女は頷く。

「笹子さん、どんなのつくんの？」

真理奈ちゃんも興味津々だ。

「これ」

と笹ちゃんは、この前つくったものを写した、スマホの写真を見せる。覗き込んだ秋美ちゃんと真理奈ちゃんはそろって声を上げた。

「なにこれ、すごい！」

「パンシュープリーズっていうの。驚きのパン、って意味」

川端さんに特注した山型食パンを使ったものだ。一本まるごとの食パンの上を切り取り、中のパンをくりぬいて、器のように使う。くりぬいたパンは薄切りにして、小さなサンドイッチをたくさんつくり、パンの器に詰める。食パンの中に、サンドイッチがぎっしり詰まっているという、〝驚きのパン〟だ。

リボンを使ってかわいくラッピングしたまるごとのパンを、パーティで開くとなかなか盛り上がるので好評なのだ。

長い一本の食パンが、でんとテーブルに置いてあったら、そのまま丸かじりでもするのかと、みんな不思議に思うだろう。そこで上の部分を開けると、色とりどりの具材をはさんだサンドイッチが現れる。

想像するだけで、ワクワクするのは、わたしだけではない。

「あたしも手伝っていい？」

真理奈ちゃんも加わり、四人でキッチンに入る。秋美ちゃんと真理奈ちゃんには、わたしのエプロンを貸す。

「焼きすぎたほうのパンは、中身がふっくらしてるから、中だけサンドイッチ用のパンにしよう。もうひとつのパンは外側がいい感じだから、ケースにね」

笹ちゃんの指示通りに、食パンの中を四角くきれいに切り出す。食パンの耳を器に、内側の白いところは薄くスライスして、サンドイッチのパンにするのだ。

「外側だけ使うパンの中身はどうするの？」

「それはね、少し固いから、別の料理に。フレンチトーストやパンがゆにするといいよ。作り方、教えるから」

パンのカットだけすませ、実際にサンドイッチをつくるのは、明日の秋美ちゃんの仕事だ。今日のところは、余っている食パンを練習に使うことにする。わたしたちの明日の朝食は、パンシュープリーズだ。

サンドイッチの具材は、シンプルにハムやチーズ、キュウリにレタス、ツナポテトもいいね、と笹ちゃんはノートに書いていく。もちろん、卵を使っていない素材だ。少しパサつくパンのために、やわらかいマーガリンを使ったり、クリームチーズで味に変化をつけたりしている。秋美ちゃんはつくりながら、写真を撮ったりメモをしたりする。

食パンの器には、小さめサイズのサンドイッチをたくさん詰め込む。並べるときに縦横の向きを変えると、幾何学的な模様になる。開けたときに、あっと驚くような見栄えも大事だ。

「器もパンだから、あとでおいしくいただきましょう。ジャムやハチミツ、チョコレートソース？　みんなでちぎって、好きなのを塗って食べるの。いろいろ持っていくといいよ」

楽しいランチタイムになりそうだ。

秋美ちゃんも、どんどん表情がほころび、楽しそうになっていく。明日のハイキングでは、元村くんとも笑顔でパンを食べくらべることができるだろう。

＊

週が明けて、秋美ちゃんから送られてきた写真には、きれいに出来上がったパンシュープリーズと、生駒山頂でお弁当を広げながら、家族や友達とはしゃぐ様子が写っていた。

バターロールにハンバーグやチキンがはさんであるものは、元村くんのパンだろうか。

ふわふわでとってもおいしかった。とメッセージにある。

〝わたしのパンも大好評でした。パンの味はきっとまだまだなのに、サンドイッチにしただけで、すごくおいしくなって、びっくりしました。具を工夫するだけで、パンの欠点をカバーして、誰が食べてもちゃんとおいしい料理にできるなんて、料理人はすごいなって思いました〟

早起きして、実際にサンドイッチをつくったのは、秋美ちゃん自身だ。具材をはさんで食パンのケースに詰めるだけなので、難しくはなかったはずだけれど、彼女はもう、サンドイッチは誰にでもつくれるとは思っていない。

食べ物に魔法をかけることは、きっと誰にでもできることだけれど、誰でも魔法のかけ方を知っているわけじゃない。笹ちゃんは、サンドイッチというパンのための最高の魔法を知っている。

「蕗ちゃん、追加のサンドイッチ、できたよ」

笹ちゃんがキッチンから呼ぶ。わたしは出来立てを店へ運び、ショーケースに並べていく。サンドイッチがたっぷり詰まったショーケースは、やっぱりステキだ。

「おいしい、って何だろうね。単純に味だけじゃないんだよね」

キッチンから出てきた笹ちゃんに、わたしは言う。笹ちゃんは、さっとショーケースを確認し、指で丸をつくる。

「うん、秋美ちゃんは、元村くんが妹さんのためにつくったパンだから最高なんだってわかったし、彼も秋美ちゃんの努力を感じて、本当においしいと思ったはずよ。それに、ハイキングの目的地で食べるランチは、それだけでどんなに凝った料理もかなわないよ」

ここのサンドイッチも、笹ちゃんがお客さんのことをいつも思い浮かべ、どんな人が来ても、ひとつはぴったり合ったものが見つかればいいと、何種類もつくっている。

選ぶのが楽しくて、ワクワクする、という「おいしい」も、ここへ足を運んでもらえる理由なのだろう。

お客さんが入ってきたときから、ケースに目が釘付けになるのが、わたしはうれしい。ここに並んでいるサンドイッチは、誰でも食べたことがあるものであって、ここにしかないものだから。

ひとり来店すると、なぜか急にお客さんが増える。わたしは気合いを入れて、次々と選ばれていく「おいしい」を送り出す。

一波過ぎると、また少し間ができる。ちょっと気を抜いたときだ。

「こんにちは」

川端さんが現れて、わたしは一気に背筋が伸びた。この前の、ペンギンの会話を引きずらないようにと、かえって意識してしまっているが、どうにか不自然にならないよう微笑む。

「こんにちは。川端さん」

「この間は、秋美がお世話になったそうで。ありがとうございました。これ、お礼に」

川端さんは、紙袋を差し出した。覗くと、まだあたたかいクロワッサンが入っている。バターの香りが、体の隅々まで入ってくる、それだけでもおいしいとわかるパンだ。

「お礼だなんて、お気遣いなく……と言いつつ、すっごくおいしそうなんで、ありがたくいただきます！　そうだ、秋美ちゃんから、ハイキングの写真が届いたんですよ。川端さんも見ました？」

「ああ、シュープリーズ、あれ、いいですよね。笹ちゃんと蕗ちゃんのおかげで、秋美も少し学んだみたいです」

「いえいえ。秋美ちゃんが自分でパンを焼いて、サンドイッチもつくったんですから、すごいですよ」

家族のためにつくるいちばんのパンは、多数のお客さんに向けてつくるものとくらべることはできない。元村くんのパンが妹にとって最高なら、秋美ちゃんのパンも、たくさん失敗してもがんばったパンで、彼女を見守る人たちにとっては最高のパンだ。

「自分でやってみて、視野が広がったんじゃないかな。これまで何でも、僕がいちばんってまとわりついてたけど、こんど元村くんといっしょにパン教室に行くそうです」

「仲良くなったんですね」

「ええ、素直に成長してくれてうれしいです。そのうち、僕と出かけるのをデートとは言わなくなるだろうけど」

ちょっとだけ、川端さんは寂しそうにも見えたけれど、ほっとしているようでもあった。

川端さんなら、いくらでもデートしたい人がいるだろう。わたしでなくても……。なんて思ったことが口に出そうになるのを呑《の》み込む。

「そうそう、蕗ちゃんと笹ちゃんに使ってほしいって、これ、秋美が」

そう言って、川端さんがくれたのは、フェルトのパンダが縫い付けられたパスケースだ。

「わあ、つくってくれたんですか？」

「うん、がんばって縫ったらしい。パンより簡単なんやとか言って」

わたしたちのパンダは、サンドイッチを抱えている。

「僕のともおそろいやけど、よかったらたまに使ってやってください」

おそろいでも、気にしないのかな。ふたりじゃなくて四人だし。

ちょっと前まで、川端さんとおそろいだというだけで、他に何人いてもうれしかっただろう。

なのに急に、川端さんがどういう気持ちで「おそろい」と言ったのか、気になってしまう。

「みんなで小野寺さんのファン、みたいですよね」

好きで幸せ、から一歩踏み出している。ペンギンの帽子のことだって、軽い気持ちで言っただけのつもりだったのに、通じなくて自分で思う以上にショックだったのだ。

わたしはとっくに、自分の中のあこがれだけにしておけなくなっている。それがチクチクと、古傷をひっかく。

「本当だ。それならまあ、小野寺さんも仲間はずれだとは思わないでしょう」

お客さんが入ってくるのと入れ替わりに、川端さんはやさしい笑顔を残して帰っていった。

そのときわたしの中には、人を好きになることへのネガティブな雲を押しのけて、淡い光に似た幸福感が、たしかに差し込んでいた。

5

マダムとムッシュ

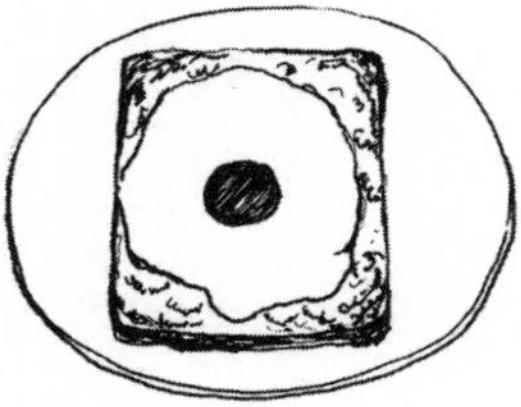

周辺の飲食店に、最近妙なクレームを言う人が出没しているという。若い男の人がひとりでやって来るのだが、注文した料理にやたら文句をつけるのだそうだ。その人は、どこでも同じものを注文している。

「クロックムッシュ、ですか？」

「そう、蕗ちゃん。クロックムッシュってところが謎や。どこの店でもメニューにあるとは限らへんやろ？」

深刻そうな話なのに、小野寺さんは、身につけた虹色ポップな蝶《ちょう》ネクタイくらい軽やかに話す。

「ですね。喫茶店か、洋食屋？　でも、老舗《しにせ》の店より、カフェっぽいところのほうがありそうですけど」

「事前に電話がかかってきた店もあるで。クロックムッシュはありますか？　て。まあ、電話の主がクレーマーと同一人物かどうかはわからへんけど、それから数日以内に、クレーマーが現れる。気をつけたほうがええで」

「どうしよう、うちもクロックムッシュ、メニューに入れたばかりなんですけど」

笹ちゃんにも、話は聞こえていたようだ。心配そうに言いながら、キッチンから出てくる。小野寺さんの膝《ひざ》でまったりしていたコゲも、気にした様子で笹ちゃんを見る。

「ほんま？　ここにもクロックムッシュ、あんの？」

「はい。見た目はシンプルなホットサンドですけど」

小野寺さんは、コゲをそっと床におろし、ショーケースに歩み寄って覗《のぞ》き込んだ。

「これかあ、おいしそうやん。そやけど、クロックムッシュとホットサンドはどう違うん？」

「そもそもは同じようなものというか、クロックムッシュっていう名前が広まったのは、パリのオペラ座近くのカフェで、こういうサンドイッチが有名になったからだそうで。ハムとチーズをはさんで、ベシャメルソースをのせて焼いたものが一般的ですね」

「たしかに、どこもそんな感じのをクロックムッシュってメニューに書いてはるな」

「どんなクレームなんですか？」

問うと、小野寺さんは腕組みしつつ考え込む。

「どうも、本物のクロックムッシュやないって文句言われるらしいで」

「それじゃあ、その人はどんなクロックムッシュを本物だというんでしょう」

「それが要領を得んのや。僕が話を聞いた店では、これじゃないって一方的に言うていったんやて」

クロックムッシュがいつごろ世間に認知されたのかよくわからないが、そんなに昔ではないと思う。少なくともわたしが食べたのは、大学生になってからだと記憶している。コーヒーのチェーン店で食べたが、最近の見栄えのいいカフェのものとは違い、もっとシンプルだった。タピオカみたいに一世を風靡《ふうび》したこともなく、もしかしたら、知らない人もわりといるのでは、というくらいの料理だ。

「これじゃない、か。でも、そもそも店によって違うものだし」

その人が来たら、ちょっといやだ。

「文句を言うだけですか？　トラブルにはなってないんでしょうか」

女性だけでやっている店は、こういうとき対応が難しい。幸い、『ピクニック・バスケット』は平穏にやっていて、これまでのところ大きなクレームもないが、気をつけるに越したことはない。

「うん、べつに大騒ぎはせえへんみたいや。それに、今のところ、喫茶店やカフェばかりやし、こういうテイクアウトの店には来てないと思うで」

「店頭にあれば、一見して目当てのクロックムッシュじゃないことはわかりますもんね。喫茶店やレストランだと、出てくるまでわからないけど」

笹ちゃんの言うとおりだ。それならここには来ないか、来てもショーケースを覗いて帰ってくれるだろう。が、安心するのはまだ早い。

「でも、いったいどんなクロックムッシュが食べたいんだろう。どうしてそれでなきゃいけないのか、気になるなあ」

やはり、笹ちゃんの好奇心が頭をもたげる。そのクレーマーが求めるクロックムッシュをつくりたい、なんて言い出さないことをわたしは願う。クレーマーになんてかかわらないほうがいいに決まっている。

「クロックムッシュあります、とか、通りの看板に貼っといたら？　見に来るんちゃう？」

「ちょっと、小野寺さん！」

わたしがあわてるのを、おもしろそうに見る小野寺さんは、笹ちゃんが興味を感じているのもよくわかっているのだから人が悪い。

「なんか、クロックムッシュ食べたくなってきたなあ。ひとつちょうだい」

コロッケサンドを食べたばかりだというのに、小野寺さんはクロックムッシュを買って帰っていった。

＊

仕事場に入る前にランチを買っておこうと、絵麻《えま》は歩きながら店をさがしていた。スーツを売る会社に勤めているが、今日から本町《ほんまち》の本社倉庫で在庫のセールが行われる。事務系の絵麻も店頭に立たねばならない。慣れない立ち仕事だから、手早くしっかり食べたいけれど、何がいいだろう。

この辺りの店にあまり詳しくはない絵麻は、コンビニをさがすつもりだったが、サンドイッチ店の看板に気づき、足をとめた。

路地の手前に置かれた立て看板には、サンドイッチ専門店『ピクニック・バスケット』とあり、隣にはイラストが描かれたブラックボードもある。「ふんわり卵焼きのタマゴサンド」「サクサクほくほくのコロッケサンド」という手書きの文字と、本当にそんなふうに見えるイラストに惹《ひ》かれ、矢印が導く路地へと誘われる。

建物の隙間の、道とも言えない路地を抜けると、突然森に入り込んだかのように、木々の緑が目の前に広がる。公園に面しているのだと驚きながら、白塗りのドアと赤い庇《ひさし》がかわいらしいサンドイッチ店の入り口に、絵麻の期待は自然とふくらんだ。

それを裏切らない、木目調で統一された店内に、色とりどりのサンドイッチが並ぶショーケースがある。引き寄せられた絵麻は、つい独り言を口に出してしまう。

「わあ、クロックムッシュがあるんだ」

ポニーテールの店員さんが、絵麻に明るい笑顔を向けた。

「はい。そのままでもおいしいですけど、電子レンジであたためても、チーズがとろけて焼きたてみたいになります」

電子レンジは休憩室にあるはずだ。想像しただけでもうれしくなる。どのサンドイッチもおいしそうで目移りするが、やっぱりクロックムッシュに惹かれる。

「わたし、これ好きなんです。自分でもよくつくってて。見よう見まねだけど」

惹かれながらも迷うのは、クロックムッシュは手づかみでさっと食べるのは難しいのではないかと思ったからだ。しかし、ショーケースのものをよく見ると、パラフィン紙に包まれていて、ふつうのトーストサンドみたいだ。

「これ、ホワイトソースがかかってないんですか？」

「中にはさんでありますっ。手でも食べやすいようにアレンジしているので」

「そっか、でも、ホワイトソースがたっぷりのっかってるのが好みなんですよね」

さらにチーズを上にも盛って、卵ものせたい。

「濃厚なソースなので、よろしければ一度お試しください」

押しつけがましくない店員の女性は感じがいいが、サンドイッチふうのクロックムッシュとなると、物足りない気がしてしまった。クロックムッシュを選ぶなら、やっぱりイメージ通りのものが食べたいではないか。

けれどもう、気分はクロックムッシュの、とろとろチーズとホワイトソースのハーモニーになっていた。ホワイトソースが足りないとはいえ、他のサンドイッチを選ぶ気にもなれず、絵麻はクロックムッシュを買って店を出た。

どうして飲食店は、〝クロックムッシュ〟と名付けながら、どうにも違うものを売るのだろう。今のサンドイッチ屋さんだけではなく、こういうのはよくあることだ。少しアレンジしているだけ、というより、絵麻にはソースをケチっているようにしか見えないのだ。親子丼の卵がちょっとしか入っていなかったら詐欺だと思うだろうに、ホワイトソースをうっすらとパンに塗っただけで、クロックムッシュと名乗っていいものなのか。

宏通《ひろみち》も、わかっていない。絵麻は急に彼とのやりとりを思い出し、胸がムカムカしてくる。彼は、絵麻がつくる料理をほめたことがない。大学三年のころからつきあい始め、もう五年になるが、最近になって絵麻は、そのことに気がついた。遅すぎる、と友達は言うが、少し前に彼が広めの部屋に引っ越して、ふたりでいっしょに暮らす準備を始めたところなのだ。それまでは、手料理を振る舞う機会があまりなかったのだからしかたがない。とにかく彼は、絵麻の料理を表情も変えずに黙々と食べる。まるで、食事を苦行だとでも思っているかのようなのだ。外食の時は、必ずしもそんなふうではないのだから、あきらかに絵麻の料理が気に入っていなかったのだろう。

携帯の通知音が聞こえ、画面を確かめる。宏通からかと小さな期待をしたが、すぐに落胆する。仕事の業務連絡だ。

彼が絵麻の料理に不満を漏らし、ケンカ別れしたみたいになったのは一週間前のこと、それから彼は何も言ってこない。絵麻が折れることを想定しているのだろう。

一方的に絵麻が怒り、そのうち冷静になって、もういいやと元に戻る、というケンカはよくあるパターンだった。けれどそうやって絵麻が折れても、自分たちの問題は解決しない。

絵麻は料理が好きだ。それなりにできるつもりでいた。彼自身は料理の経験がほとんどないし、つくることに興味もなさそうだったので、彼の家事分担は洗濯や掃除ということで、同居のプランは立った。絵麻にとっては何の問題もなかったが、彼は、このまま同居することをためらっていることだろう。食べ物に細かいこだわりを持っている様子に気づきながらも絵麻は、自分の料理はおいしいのだから問題ないと思っていた。

発端は、この前の休日だ。これからふたりで暮らす部屋で、絵麻がランチにクロックムッシュをつくったら、彼が不機嫌になった。

「おれ、これ嫌い」

「えっ、そうなの？　でも、ハムとチーズもサンドイッチも好きだし、ホワイトソースのグラタンだって食べるよね？」

「最近よく、店のメニューで見かけるけどさ、サンドイッチなら具をはさむだけでいいのに、これじゃあサンドイッチじゃないし、グラタンでもないだろ？　名前のない料理って、いやなんだよな」

　これは絵麻の得意料理だ。ＳＮＳに載せたところ、これまでになく「いいね」を集めたのに、完全否定されて、小さく怒りの火がともる。

「名前はあるよ。クロックムッシュ」

「とにかくこれはやめろよ。こんなに上からドロドロソースかけて、半熟卵だって食べようとしたらドロドロ。パンがソースでふやけて、トーストの味わいもないし」

　そんな言い方はないだろう。蠟燭《ろうそく》の先っぽ程度の火が、キャンプファイヤーになりそうだ。

「文句は食べてみてから言ってよ」

「今日はいいよ。なんか朝から胃がもたれてて、食欲ないし。ちょっとコンビニ行ってくる」

　衝突しそうになると、そうやって逃げるのも彼の手だ。絵麻はいつも、言いたいことも言えず、不完全燃焼のまま火種を抱えることになる。

　彼が部屋を出て行ったあと、絵麻は腹立ち紛れにふたりぶんのクロックムッシュを食べた。胸焼けがしたけれど、味は悪くない、はずだ。

胃の調子が悪いなら、先に言ってくれればいい。コンビニに行かなくても、お茶漬けとかおにぎりくらいつくれるのに。

けれど宏通は、とにかく今は、絵麻のつくったものを食べる気にならなかったのかもしれない。まだコンビニのほうが食べられそうなものがあると思ったのだ。

そう、前にうどんをつくったとき、今日みたいに宏通が不機嫌になったことがある。キツネうどんが好きだというからそうしたが、卵を落としたら文句を言われたのだ。

それじゃあキツネうどんじゃない。月見うどんでさえない。生卵は除《の》けられないし、キツネうどんが台無しだ、と。

卵入りのキツネうどんではいけないのか。キツネうどんに揚げが入っていなかったら腹が立つかもしれないが、揚げはちゃんと入っていて、卵がプラスされるなら、むしろよろこぶべきではないか。しかし彼にとっては、許せないことだったようだ。

そういえば、ベーコンエッグをごはんにのせたときも、似たような反応だった気がする。

「ベーコンエッグ丼？　そんな料理ないよ。何でものせればおいしくなるわけじゃないんだよ」

そんなことを言っていたではないか。

「レシピは、プロが考えるからおいしくなるんだろ。素人にアレンジなんて無理。昔からおいしいと認められたものを変えたら、まずくなるだけだ」

こうも言った。たしか、テレビで芸人が創作料理をつくるというような番組を見ていたときだ。宏通は、アレンジした料理が苦手なのか。今まで意識していなかったけれど、彼がふとこぼしていたことが、次々と思い浮かぶと、腹が立つというよりも、絵麻はだんだんと悲しくなってくる。

結局、彼がコンビニから帰るのを待たず、自分のワンルームマンションへ帰ったのだった。それから、連絡を取っていない。

世の中のカップルは、食べ物の好みが違ったらどうしているのだろう。好みの似た人としか、いっしょにはいられないのだろうか。

＊

『ピクニック・バスケット』でのクロックムッシュの売れ行きは、今のところまだ芳しくはない。寒さが増してきたこともあって、あたためて食べられるところは好まれるはずだ。とろけるチーズも食欲をそそるはず、なのに、期待したほどではない。もちろん、これから伸びるかもしれず、笹ちゃんもわたしも期待している。

でもちょっと気になるのは、見た目がクロックムッシュらしくないというか、ただのホットサンドに見えるというところだ。さっき、女性のお客さんが、ホワイトソースがたっぷりかかっているのが好きだと言っていた。うちのはあまりおいしそうに見えなかったのだ。

小野寺さんに聞いた、クレーマーの話を思い出す。本物のクロックムッシュじゃないと文句を言っていたらしいが、男性客だということだったから、あの女性ではないだろうけれど、似たようなことを感じる人は少なくないのかもしれない。

「ここのサンドイッチ、ＳＮＳに投稿されてますよ」

イートインスペースで、スマホを覗いていた岩下奈保さんが言う。カツサンドが気に入って以来、ときどき来てくれるようになった彼女は、あれから肉もパンもしっかり食べるようになったらしい。今日は、パストラミサンドで、たっぷりのビーフとレタスにかぶりついている。

「あ、ホントだ。クロックムッシュ！」

画面を見せてもらうと、サンドイッチの写真が上がっていて、店名とともに、「買ってみた！」とのコメントがある。

「おいしそうに見えるね。買いに来てくれる人が増えるといいな」

笹ちゃんも、うれしそうに覗き込む。

「『ピクニック・バスケット』さんのサンドイッチ、ときどき見かけますから。評判いいみたいですよ」

「岩下さん、ネットの話題もよく調べたりするんですか？」

「はい。食べ物の話題はチェックしてて。市内の新しいお店のこととか、やっぱり近くの人から、いち早く情報が出てくるので」

さすがに、フード関係のライターをしているだけある。

「クロックムッシュ、ちょっと心配だったんですよね。本物のクロックムッシュじゃないとか言う人が、近くの喫茶店に出没してるらしくて」

笹ちゃんの話に、岩下さんは首を傾げた。

「本物の？　どういう意味でしょう。この辺りの店だと、クロックムッシュを出してるのは……、喫茶モカとか？」

前を通ったことはあるので、わたしも名前は知っているが、入ったことはない。岩下さんは、どこにどんなメニューがあるのか詳しい様子で、何軒か、喫茶店やカフェのクロックムッシュの写真をさっと検索して見せてくれたが、喫茶モカのも、他の店のも似たような見た目で、わたしにはどれも、一般的なクロックムッシュに見えた。

「どこのも、食パンを使ってるし、ベシャメルソースをのせて焼いてますね」

「これが本物じゃないとすると、ますますどんなものを想像してるのか、謎ですね」

「そういえば、フランスの食べ物なのに、イギリス風の食パンばかりだけど。もしかして、本物のはバゲットを使うんじゃない？」

思いついたわたしに、笹ちゃんは首を横に振った。

「もともと、パン・ド・ミを使うのよ。日本の食パンはイギリス由来らしいけど、フランスの、こういう角食や山型のパンがパン・ド・ミ」

「そっか、パン・ド・ミか。でも最近は、バゲットのクロックムッシュもあるよね」

「あ、こういうのですね？」

岩下さんがさっと取り出した写真は、どこかの広々としたガラス張りカフェのもので、バゲットのクロックムッシュが写っていた。

「へえ、なんとなく、おしゃれ感がただよいますね」

「本物が、パン・ド・ミなのは間違いないのかな。とすると、問題はベシャメルソース？　もっとたっぷりかかってないとダメなのかも」

この前のお客さんも、そんなことを言っていた。うちのクロックムッシュは、それで物足りなく感じたようだった。

「ねえほら、この人の投稿画像みたいに、ベシャメルソースが多めのは人気みたいだし」

うちのクロックムッシュをのせてくれた人の、過去の投稿には、ソースがあふれてしたたるほどのクロックムッシュが写っていて、それは自分でつくったものであるようだった。ＳＮＳでは、emmaと名乗っている。

「たしかにおいしそう。食欲をそそるよね」

しかし、岩下さんは眉間《みけん》にうっすらしわを寄せている。

「うーん。たしかに目にはとまるけど、この人って、そんなに料理が上手じゃないかも」

「そうですか？」

「自作の料理写真、何でも過剰にトッピングしてるでしょう？　きっと、素材の味とか、バランスとか、あんまり考えてないですよ」

実際に食べられないのだから、味のことはわからない。写真を見て楽しむには意味のある料理なのだろう。

岩下さんは、ネットの写真につられて落胆することが、きっと仕事柄多くて、そうなると無駄足になってしまうからか、少々辛辣《しんらつ》だ。

「本当に、見た目だけではわからないんですよね。なんだか違うな、合わないなってわかったときは、がっかりします」

わりと強い口調で岩下さんがそう言ったとき、ちょうど店へ入ってきたのは川端さんだった。岩下さんが、はっと顔色を変えたのはわかったが、川端さんも同じだ。一瞬のことで、彼はいつものように、「こんにちは」と微笑み、笹ちゃんがいるカウンターに歩み寄って、パン入りの袋を置く。

今のは料理の話だ。でも、岩下さんが川端さんに接近し、一方的に離れたいきさつが重なると、川端さんには変な意味に聞こえたかもしれないと、わたしはおろおろしてしまう。岩下さんも、同じことを考えたはずで、おろおろしている。

「ありがとうございます、川端さん。今日は寒いですね」

「本当に。雪が降るかもって、天気予報で言ってました」

笹ちゃんがパンを受け取っているあいだに、岩下さんは小声になって、「わたし、そろそろ行かなきゃ」と立ち上がり、逃げるように出ていった。

テーブルを拭《ふ》こうとしたわたしは、椅子の上にマフラーを見つける。忘れ物だと、急いで岩下さんを追う。

公園へ入っていく小道で、彼女を呼び止めると、恥ずかしそうに頭を下げて、マフラーを受け取った。

「あー、すみません、あわててしまって……。まったく、間が悪いですよね。聞かれちゃったかな」

「でも、料理の話ですし。わたし、フォローしておきます」

「いえ、いいんです。彼にはわたしのことなんて……、わたしがどう思っていたかなんて、興味ないでしょうし」

そうだろうか。川端さんは、岩下さんのことをおぼえている。いっしょに何を食べて、彼女が何を好きだったかをおぼえていたのだから、まったく無関心だったわけではないと思う。

「それにわたし、もう、外見に一目惚《ひとめぼ》れするのはやめました。いっしょにいて心地よかったり、話も弾む人がいいなってわかったから」

はにかんだ笑顔を見せて、「それじゃあ」と岩下さんは立ち去る。彼女にとって、川端さんとの気まずい結末は、もう乗り越えつつある過去のことなのだろう。

わたしは、傷ついたことをまだ過去にできないでいる。新しく好きな人ができても、尻込《しりご》みして、ただのファンだと自分に言い聞かせたりしている。そのくせ、冗談ぽく誘ってみては真剣に落ち込んでいる。もうとっくに、あこがれの気持ちだけではない。

とぼとぼと、『ピクニック・バスケット』に戻る。川端さんのことを考えながらも、彼が店にいることが頭から抜け落ちていたわたしは、ちょうど店から出てきた川端さんと鉢合わせして、必要以上に驚いてしまった。

「おかえり、蕗ちゃん。忘れ物、渡せました？」

「は、はいっ、なんとか」

さっきの事情を説明しなきゃと思いながらも、岩下さんの言葉が料理のことだとわざわざ言うのも、考えてみれば、川端さんには失礼な話ではないだろうか。わたしが次の言葉に迷っていると、川端さんが口を開く。

「岩下さん、よく来るようになったんですね。笹ちゃんが言ってました」

「あ、ええ。『かわばたパン』が好きだから、うちのサンドイッチも好きになってくれたみたいです」

「パンが嫌われてないならよかった」

ちゃんと伝えなければ、川端さんも傷ついたままになる。彼だって、岩下さんが急に離れていって、平気なはずはない。

「嫌われてないです、川端さんのことも。彼女、川端さんのことが好きすぎて、疲れちゃったみたいです。その、自分が誘うばかりで、そんなに気に入られてないのかなって。だから、幻滅したとかではないんです」

川端さんは、悩んだ様子だ。

「僕には、お互いをまだよく知らないのに、好きすぎるっていうのがわからないんです。たぶん彼女の想像と、本当の僕は違うから、彼女のことを知るのに時間がかかってしまった僕には、やっぱり幻滅したんだと思います」

「よく知る前に、好意を感じるのはおかしいですか？　外見でも何でも、いいなって思わないと、話をしたり、食事をしたりもないです。もっと知り合うこともできないじゃないですか」

「うん、そうですよね。だけど僕はどうしても、タイミングが遅いみたいです」

川端さんは、自分からもっと相手を知りたいと思う前に、話しかけられたり誘われたりするのだろう。だから、気持ちを募らせてつい理想化したり、話しかけたいとか食事に誘ってみたいとか考えて、悶々《もんもん》とすることもない。

「わたしは、岩下さんの気持ちも少しわかる気がします」

「蕗ちゃんも、ゆっくり知り合うほうじゃない？」

返事に迷ったのは、結果を急ぐ女の子を川端さんは好きじゃないだろうと思ったからだ。でも、自分がそうなのか、よくわからない。ゆっくりと、お互いを理解し合えたらいちばんいい。好きな人に、自分をよく知ってもらえて、だんだん好きになってもらえたら幸せだ。でも、ゆっくりのペースだって人それぞれで、きっと同じ速さじゃない。わたしは自分なりに、ゆっくりと川端さんのことを見てきた。でもどんどん好きになってしまうのに、どうしていいかわからなくて、つらくなる。

「あ、お客さん。戻らなきゃ」

ちょうど人が店へ入っていくのを見て、わたしは仕事に頭を切り替える、ふりをする。

「うん、じゃあね、蕗ちゃん」

「はい、ありがとうございました」

笑顔で手を振りながらも、完全に仕事モードとはいかず、垂れ込めた雲を眺めているみたいだった。

前の恋は、がんばって、自分だけがんばって疲れるだけだった。なんとなくすれ違いが続いて、素っ気なくなる彼を、以前のように楽しませようとがんばったけれど、彼はいつもつまらなそうにしていた。がんばるほど、しつこいとか重いとか言われ、やがて彼には他に好きな人ができるというパターンだった。

わたしはもう、好きな人に嫌われたくない。

＊

慣れない販売の仕事をどうにかこなし、絵麻が休憩所へ行くと、販売部に所属している同期の女性がふたり、昼食を取っている。開いたままのドアから、話し声が聞こえ、絵麻は足をとめた。自分の名前が聞こえたからだ。

「あ、それ？　絵麻ちゃんがやってるＳＮＳ？」

「料理の写真を上げてるんだって」

「おいしそう。これ、クロックムッシュ？　なんか豪華やん。評判もいいみたいやし」

「でもね、あんまりおいしくないよ。くどいっていうかさ」

どきりとして、足がすくむ。気がついたらドアから離れ、階段を駆け上がっていた。

屋上に出て、ほっと息をつく。たしかに彼女は、絵麻の手料理を食べたことがある。同期の仲間とバーベキューをして、絵麻はクロックムッシュを焼いたのだ。そのときの感想を口にしたのだろう。

みんな、おいしいと言ってくれていたけれど、あれはお世辞だったのだろうか。

やっぱり自分は、料理が下手なのかもしれない。自分ではうまくできたつもりでも、繊細な味がわかっていない。宏通に言われたあれこれがよみがえると、そんな気がしてくる。

クロックムッシュは簡単な料理だ。簡単だからこそ、自分好みに手を加えることも難しくはないし、できるだけ見栄えよく、そして贅沢《ぜいたく》に仕上げたかった。自分では、お店で食べるよりもおいしいものをつくっているつもりだ。

自分を納得させようと、あらためて自作の料理の写真を確かめる。スマホの画面に並ぶものは、どれもこれもゴテゴテと盛り付けられている。一枚で見れば、色とりどりで豪華だけれど、たくさん並ぶと胸焼けしそうだ。ソースやドレッシング、チーズもマヨネーズもオリーブオイルもたっぷりかかっていて、ギラギラしている。

これが、絵麻の料理なのだ。

料理はできるつもりだったから、宏通と同居する話になり、食事の支度はまかせてほしいと言い出したのは絵麻だ。宏通はそもそも、ずっと実家に住んでいて、料理をしてこなかったから、それでいいと言ったけれど、早々に後悔しているに違いない。

スマホを切って、ベンチに座り込む。屋上には絵麻しかいないから、大きなため息をついても、怪訝《けげん》な顔を向けられることはない。だけどこのまま、ぼんやりしてもいられない。早くお昼を食べないと。

短い休憩時間に追い立てられて、絵麻は買ってきたサンドイッチを開ける。上の空でかぶりついたけれど、おいしい、と感じたとき、苛立《いらだ》ちや混乱でいっぱいになっていた胸の内が、すっと「おいしい」だけに満たされていった。

トーストしたパンが、カリッともサクッとも感じる絶妙な歯ごたえだ。かじっただけで、バターの香りが口の中に広がる。ハムとチーズが存在を主張し始めると、とろりとしたホワイトソースと混じり合い、まろやかで濃厚な味が空腹をしっかりと満たしていく。

ソースといってもペースト状で、絵麻がいつも、たっぷりとかけるソース以上に味わい深くて、それでいてパンの食感を損なわない。これは、ちゃんとしたサンドイッチだ。絵麻がつくっていた、グラタンみたいな料理とはまったく別物の、ハムとチーズが主役のサンドイッチ。

こういうのだったら、宏通はサンドイッチだと認識して、食べたかもしれない。

でも、クロックムッシュはサンドイッチなのだろうか。絵麻にとってはフランスのカフェ料理で、特別感のあるものだ。手軽なサンドイッチとは違うイメージなのに、サンドイッチとは違うと言って嫌う宏通は、新しい料理を知ろうとしないだけの石頭ではないか。

一方で、自分の独りよがりなところも実感してしまって、落ち込むばかりだ。好きな食材で好きな料理をしていれば、それだけで元気になれたはずなのにと、絵麻は頭の中で理想のクロックムッシュを思い描く。こんがり焼けたパンの間から、厚めのハムとともに、とろけたチーズがはみ出す。焦げ目のついたホワイトソースが、あふれてパンの端から流れ落ちる。淡い黄色は、明るい日向《ひなた》の色、絵麻はあの色が好きだ。食卓を陽だまりにする色だから。

お皿の上の陽だまりには、真ん中に、黄色くてまん丸な、卵のお日さまが輝いていてほしい。卵は、見ているだけでも元気がわいてくる。幸せなごはんの象徴だ。

そう思うのは、何にでも卵をのせるのが好きだった父がいたからだろう。まず、黄身をつついて、とろりと流れたところをおかずとからめる。絵麻と弟も真似をして、いかに黄身をこぼさずに食べるかを競い合い、笑い合った。

中学生のとき父が亡くなって、母と弟と三人暮らしになってからは、母は働き始め、料理はどうしても簡単なものになった。家族そろって食べる機会が減って、弟は食事を残すようになり、このままではいけないと、絵麻は一念発起した。

絵麻が食事の支度をすることにしたのだ。母は作り置きをしなくてよくなり、助かるとよろこんでくれた。弟も、絵麻がつくる出来立ての料理を、おいしいとたくさん食べてくれた。もやし炒《いた》めがメインでも、目玉焼きをのせると何だか立派なおかずに見える。

最初は、母みたいにほどよい半熟にできなくて、焼きすぎた目玉焼きは、黄身がおかずと絡まらなかったけれど、ただの炒め物よりずっとおいしかった。だんだんと、絵麻も上手になり、作り置きにはできなかった半熟の卵がまた食卓にのぼると、父がいたころみたいに、楽しい食事が戻ってきたかのようだった。

食材を余らせないよう工夫して、特売の品でアレンジして、ごはんの上におかずを盛った丼ものを、弟は気に入っていた。唐揚げ丼がとくに好きだったけれど、唐揚げが少ないときは、ちくわをちりばめてマヨネーズと刻みネギをたっぷり盛った。

中学のころから、家族の食事をつくってきたのだから、自分は料理が得意だと疑わなかった。いつか結婚したら、陽だまりみたいな料理を食卓に並べ、夫や子供と笑顔で食べるのが理想だった。たとえお金をかけられなくても、工夫をすればいくらでもおいしくて満足できるものになる。

けれどあれは、家族だからよろこんで食べてくれたのか。本音では、大味でくどいと思われていたのだろうか。ただ、絵麻にとって、卵をのせたくなるのも、盛りだくさんで彩り豊かな見栄えにこだわるのも、家族の食卓を明るくするためだったのだ。

＊

ランチタイムになると、靱公園の周辺は、あちこちの店がランチメニューにしのぎを削る。日替わりメニューや、ランチタイム限定の安くて満足感のあるセットを押し出して、店の前にメニューの写真やサンプルを出すところも少なくない。

居酒屋も、喫茶店も、食事系のメニューで誘う。そんなにぎやかな通りも、午後二時には人通りがまばらになっている。夜の営業に向け、準備中の札が目立つようになったころ、わたしはお昼の休憩に出る。ランチメニューがまだあるお店は少ないが、遅めの昼食を取る会社員もいるので、行列はなくても満席だったりする。

今日、わたしが入ったカフェもそうだった。ランチメニューにしかないハンバーグセットが人気なのだ。

「すみません、今満席なので、少しお待ちいただけますか」

案の定だが、待っている間にランチタイムが終わってしまうかもしれない。どうしよう、と思ったとき、店内で誰かがこちらに手を振った。小野寺さんだ。

「蕗ちゃん、いっしょでよかったら空いてるで」

ラッキー、と近づいていったわたしの心臓が跳ね上がったのは、小野寺さんの向かいに川端さんがいたからだ。

「うわ、おふたりでランチですか？」

「たまたまです」

と川端さんはきっぱり言う。まるいテーブルだったので、どこに座るか悩まずにすみ、正直なところわたしはほっとしながら席に着いた。

「蕗ちゃんもハンバーグセットを食べに？」

わたしが注文するのを聞いて、川端さんが言う。

「川端さんもですか？　おいしいですよね」

「そうなん？　それが有名なんかいな」

小野寺さんはもう、ミックスフライセットを食べはじめている。

「はい、以前から、この界隈《かいわい》では話題だったんですけど、最近、知り合いのライターさんがウェブ雑誌で紹介して、正午ごろはかなり並んでますよ」

その記事を書いたのは、岩下さんだ。川端さんを目の前にして、こんな話を持ち出さなければよかったとわたしは自分をつねりたくなったが、川端さんはさらりと受け止めてくれた。それとも、気を遣ってくれたのだろうか。

「そっか、岩下さんが紹介したんですね。これまでは遅い時間でも食べられたのに、売り切れてる日が増えて、どうしたんだろうと思ってましたよ」

「ライターの岩下さん？　って、そういや川端くんのファンやったんやて？」

小野寺さんが余計なことを口にして、わたしはほっとする間もなくまたあせる。

「西野さんが言うてたで」

麻紀さんてば、小野寺さんの手先か。

「ファンじゃないですよ。とっくに幻滅されてます」

「川端くんは、損な性格やなあ」

小野寺さんは、エビフライにフォークを突き刺す。今日のシャツは、正面にピンクのハートが大きくプリントされている。おまけに矢が刺さっているという古典的な模様を胸に、堂々と恋愛を論じる。

「好きって言われても、外見が好きなんちゃうかと思ってしまうんやろ？　いっかい僕も、見た目で惚れられてみたいわ」

「小野寺さんみたいに、ファッションで激しく自己主張してる人にはわかりませんよ」

川端さんも、このごろ小野寺さんに厳しい突っ込みを入れるようになった。そして小野寺さんは、うれしそうに受け止める。

「うん、僕は自己主張せんと、誰も見てくれへんからな。けど、わかることもあるで。好きになってくれる人を好きになろうとするから、外見だけかもとか悩むんやろ？　自分から好きになったら、その人が自分のこと、外見やろうが金やろが、どっかちょっとでも好きになってくれたら、文句なしにうれしいで。そしたら、もっともっと、自分のこと見せたくなるやん。見てほしいんやったら、見せなしゃーないし」

隠したままでは、いつまでたっても自分のことを知ってはもらえない。だけど、自分をさらけ出すのは不安だ。小野寺さんのように、わたしは強くなれそうにない。

「あのう、注文したのはこれじゃないんですが」

ちょっと苛立った声に反応し、わたしたちは会話を中断して、隣の席に目を向けた。

ひとりで座っている男性客が、スタッフに声をかけている。注文を間違える、という状況は、接客業にとってはそれだけで緊張する場面だから、わたしはつい観察してしまう。その人のテーブルに置かれているのは、クロックムッシュだ。ますます気になっていると、小野寺さんも川端さんも、黙って隣の会話を聞いているようだった。

「ご注文はクロックムッシュではございませんでしたか？」

伝票を確かめながら、スタッフはちょっと困惑している。

「クロックムッシュですけど、これじゃないです」

お客さんは、若い人だ。線が細くて、ちょっと神経質そうにも見える。彼の前にあるのは、ベシャメルソースがたっぷりかかったクロックムッシュだ。半分に切ったところから、チーズがとろりと溶け出していて食欲をそそる。

「こちらが当店のクロックムッシュでございます」

「でも、表にメニューの写真がありましたよね。あれとちょっと違ってます」

「そうでしたか？　すみません、写真とまったく同じものには……」

「もういいです。これで」

それ以上どうにもできないから、お店の人は、頭を下げて立ち去る。男の人は深いため息をついていた。

「おにいさん、クロックムッシュにこだわりがあるん？」

さすが、小野寺さんはためらいなく声をかける。まったく垣根のない人だ。

「いえ、べつに」

ちらりと小野寺さんを見た彼は、たぶん個性的な人は苦手なタイプだろう。すぐに目をそらす。

「どんなクロックムッシュが食べたいん？　ここのふたりは食パンとサンドイッチのプロやから、相談に乗れるで」

小野寺さんは余計なことを言った。が、この人が、噂のクロックムッシュのクレーマー、いや、こだわる人だとすると、笹ちゃんでなくても少々気にはなった。いったいどんな〝本物〟に執着しているのか。

「うちの店でも、クロックムッシュを販売してますよ。ホワイトソースを、チーズとハムといっしょにパンにはさんだものです」

わたしを見て、それから川端さんを見て、個性的なのはひとりだけだと少し安心したのか、彼は返事をすることにしたようだ。

「やっぱり、ホワイトソースは使ってるんですね」

「使ってないものが好みなんですか？」

それって、クロックムッシュというのだろうか。

「もしかして、『レストラン南《みなみ》』のちゃう？」

小野寺さんが店名を言った途端、彼は勢い込んで問う。

「どこにあるんですか？　その店。この近くですよね？」

「もう店はないけど」

「あれ？　そこ、洋食屋さんですよね？　クロックムッシュってありましたっけ？」

川端さんも、店のことは知っていたようだ。

「メニューでは、〝ハムとチーズのホットサンド〟やった。シェフが店を開いたころは、クロックムッシュなんてわかる人おらんかったから、って。でも、本場で食べたクロックムッシュに近づけたって言うてはった」

「本場の？　やっぱりあれが、本場のなんだ……。その店、僕も行ったことがあるんです。さがしてたけど、もう閉店してたんですね。どうりで見つからないと……。場所も名前もうろ覚えだったので、改装したかもって、いろんな店へ入ったりしてました」

やはりこの人が、最近この辺りに現れて、噂になっていた人物なのだろう。

「どうして本場のを求めてはんの？」

テーブルの上の、見栄えもボリュームもあるクロックムッシュを一瞥《いちべつ》して、彼はこちらに体を向ける。案外すんなりと、小野寺さんを警戒するのはやめたらしく、悩みを打ち明けるように語り出した。

「子供のころ、近所の喫茶店にクロックムッシュがあって、よく食べてたんです。当時僕が住んでいたところでは、クロックムッシュなんて料理、他に見かけなかったし、マスターのおじいさんはフランスで料理を学んだこともある人で、本当においしかった」

彼が食べたクロックムッシュは、ハムとチーズをはさんだパンを、フライパンで焼いたもので、外側はカリカリなのに中から溶けたチーズがあふれ、パンに染みたバターがじゅわっと口の中に広がるところが最高だったのだという。聞いているわたしも、想像するだけで頬がゆるむ。

「小学校のころは祖父がコーヒーを飲むときにくっついていってました。喫茶店には漫画の本もあったし、プリンやアイスも食べられて、店主のおじいさんとおばあさんのことも大好きでした。中学になると友達と寄ったり、ひとりで行って常連の大人と話すのも楽しみで。学校とは別の世界があったから、僕にとって貴重な場所だったんです。でもそれから間もなく、新しい店にお客さんを取られて、そこは閉店しました。おじいさん一家も、どこかへ引っ越していって。賑《にぎ》わってたのに、あんなに急に、お客さんは新しい店に行ってしまうんですね。新しい店のコーヒーは少し高いけど、店内は広くてきれいだし、それにメニューもたくさんあって。だけど、僕は好きになれなかった。ふつうのオムライスやカレーライスなのに、見た目を派手にしてるだけっていうか、山盛りのトッピングや、チーズや卵でボリューム感を出したりで、やたら値段は高いけど、めずらしいからみんな足を運ぶ。僕も食べてみたけど、見栄えだけ。クロックムッシュだって、ホワイトソースでドロドロなだけ。なんだか僕は、見栄えだけのクロックムッシュに、おじいさんまで奪われたようで、ホワイトソースのものは苦手になったんです」

それで彼は、シンプルなホットサンドでなければ、クロックムッシュと認められないようだ。

「なるほどなあ。でも結局はおいしいかどうかやで。見栄えだけでは店は続かへん」

「はい。お客さんも、食べたいっていうより、写真を撮りたかったんでしょう。だから、しばらくしてその店もなくなりました」

一時でも、馴染《なじ》みの喫茶店からお客さんが離れたのは、彼にとって残念なことだったのだ。でもそれは、よくあることだ。新しい店ができれば、古い店からお客さんは流れる。でも、味が好みに合わなければ、また戻ってくるし、古いお店も工夫することで、新しいお客さんが増えたりもする。たぶん、彼の好きな喫茶店が閉店したのは、新しいお店のせいだけではなかっただろう。

「写真はなあ、一回撮ったらもういらんし。記念にはええけどな」

小野寺さんの言うとおりだ。食べることは、毎日三度も繰り返される。すべての人が、生きている限り食べ続けるのだから、気に入ったお店なら何度でも訪れる。写真はひとつあれば、みんなに見てもらえるけれど、どんなにおいしそうでも食べられない。目の前に出される料理は、それだけですばらしいのに。

「あの、ホワイトソースのクロックムッシュだって、おいしいものはたくさんあります。それも、おいしいはずですよ」

ここの料理はおしゃれで、写真に撮りたくなるが、それだけでなくおいしいのだ。だから、テーブルに放置されて少しずつ冷めていくのが悲しい。

食べる気になれないのか、彼はまだ、ナイフとフォークを手に取ってさえいない。川端さんもわたしも、少し前に運ばれてきたハンバーグセットを食べはじめている。

「だけど、このカフェに入ったのは、ホットサンドみたいなのを食べたかったからじゃないですよね？」

川端さんがそんな指摘をした。

「そういえば、表のメニュー写真のクロックムッシュは、その、ホワイトソースがかかったものなんですよね？」

それを見て、入店した様子だったではないか。

「いや蕗ちゃん、表には、クロックムッシュの写真はなかったんだよ」

川端さんが、思いがけないことを言う。

「ホンマ？　よう見てんねんな。川端くん」

「パンの料理写真は気になるんで。とにかく表にあったのは、別の料理の写真です。それを見て、クロックムッシュだと思って入店したから、このクロックムッシュとは違うと思ったんですよね？」

わたしたちのやりとりに、男の人は首をひねっている。

「え？　でも、あの写真、クロックムッシュじゃないんですか？　そう書いてたかと……」

「いえ、クロックマダムですよ」

川端さんの指摘に、あ、っと声を上げながら、わたしもやっと理解した。

「そういえば、写真のは卵がのってた！　それ、クロックマダムですよね。じゃあ、写真のところにもそう書いてたはずで、〝クロック〟が同じだから、料理名は見間違えたんじゃないですか？」

メニューの写真を見て、この店のクロックムッシュは卵がのっているのだと思った彼は、そのつもりで注文したが、出されたクロックムッシュには卵はのっていない。だから、表の写真とは違うと言ったのだ。

「卵をトッピングすると、名前が変わるんですか？」

彼は、大いに疑問を浮かべて眉根《まゆね》を寄せている。川端さんは頷《うなず》く。

「そうらしいです。でも、ちょっとアレンジしただけだし、卵がのったものも、店によってはクロックムッシュとして出すところもあるようですけど」

「そやけど、何で卵はマダムなん?」

小野寺さんも知らないらしい。

「いろんな説がありますけど、卵のは手づかみでは食べにくくて、ナイフとフォークを使うから女性向き、だとか」

「ホワイトソースが山盛りなやつも、手では無理やで」

「わたし、卵が淑女の帽子みたいだからって聞いたことがあります」

「へえ、そうなん」

「でも、もともとは、ホットサンドふうのを食べたかったんですよね? どうしてまた、卵ものったクロックマダムを食べようと思ったんですか?」

たしかに、川端さんの言うようにつじつまが合わない。小野寺さんもわたしも、彼の返事を興味津々で待つ。

「それは……、何にでも卵をのせたがる人がいるんです。そうすれば見栄えがよくなるだけじゃなくて、必ずおいしくなると思ってて、とにかくいろんな食材を混ぜたり盛ったりして。卵をプラスするんで、何でもかんでも卵の味に」

少々口ごもりながらも、彼は答える。

「僕は、シンプルな料理のほうが好きだけど。でも、表の写真を見てたら、その人なら絶対これを食べたがるだろうなと思ったんで」

その、卵をのせたがる人は、彼にとってどういう人なのだろう。手料理を食べる機会があるくらい、近い人。そして、好みじゃない料理でも、その人が好きなら食べてみようと思うような、とくべつな人。

彼は、その人の料理を、その人自身を、知ろうとしていたのだ。彼にとってはおいしそうに見えなくても、相手の好きな食べ物の味を知ろうとしている。ステキなことではないだろうか。

「あ、ちょっと中村《なかむら》さん、この人のクロックムッシュをマダムにでけへん？」

小野寺さんが声をかけたのは、たぶんここの店長だ。この辺りなら、どこの店にも知り合いがいるのだから本当に顔が広い。そしてもちろん、店長は快く対応してくれた。

少し焼き色が濃くなったものの、半熟卵がのったクロックマダムが運ばれてくると、彼はやっと、ナイフとフォークを手に取った。

彼にとってとくべつな食事のじゃまをしないように、わたしたちも自分たちの料理を味わうことにする。

「このハンバーグ、少し煮込んであるのがいいですよね。デミグラスソースが染み込んでて、わたし、何度でも食べたくなります」

「うん、ひき肉が細かくて、ソフトな食感ですよね。パンもふんわりしてて、ランチには食べやすくてちょうどいいんですよ」

「ふーん、そうなんや。たしかに、味わってみな、つくる人の工夫も気持ちもわからへんわな」

隣の席の彼は、おいしいと感じているのだろうか。そっちは見ないようにしながらも、クロックマダムを食べる手が止まっていないのを視界の隅に感じて、わたしはなんだかほっとしている。

「新しい料理を食べるってのは、楽しいもんやなあ。苦手なものが入ってても、案外おいしかったりするし、予想外の隠し味もワクワクするもんな」

小野寺さんは、ちょっと悪戯《いたずら》っ子みたいな目で川端さんとわたしを交互に見た。

新しい恋も、してみないとわからない、のだろうか。

ショーケースに残るサンドイッチはもうわずかだ。お客さんも途切れ、閉店時間もせまっていたため、そろそろ、とわたしは片付けを始める。テラスの椅子を片付けていると、入り口のところで中の様子をうかがうような人の姿がある。

「いらっしゃいませ。まだやってますので、どうぞ」

声をかけると、驚いた顔で振り返った人には見覚えがあった。前髪を上げていて、おでこが広くてかわいらしい人。これでもわたしは、お客さんの顔をなるべくおぼえようと努力している。混雑する時間だと、一回だけではおぼえきれないこともあるが、だんだんと記憶できるようになってきた。

「少ししか残っていませんが」

わたしがドアを開けると、彼女は微妙にためらったが、中へ入ってきた。

「あの、クロックムッシュはまだありますか？」

カウンターにいた笹ちゃんに問う。

「すみません、今日は売り切れてしまって」

数を少なめにしたので、売り切れてほっとしたところだったが、彼女がひどくがっかりして見えたので、わたしは申し訳ない気持ちになった。気に入ってリピート買いしてくれる人もいるのに、そういう人のためにも、もう少し多めに用意すればよかった。

この前、彼女がクロックムッシュを買ってくれたことも、ホワイトソースがたっぷりかかったものが好きだと、うちのサンドイッチは物足りなそうに見ていた人だともおぼえていたから、なおさらだ。それでもまた、クロックムッシュを買いに来てくれたのに、食べてもらえないのが残念でたまらない。

材料が残っていれば、笹ちゃんがすぐに用意することもできるけれど、今日はもう、ベシャメルソースが残っていないので、それもできない。

「そうですか、よく売れるんですね」

「それが今ひとつで、今日は少なめにしてたんです。見た目が、クロックムッシュらしくないのかもしれないです」

「でも、ここのはすっごくおいしかったんです」

力を込めてそう言ってもらえるのは、何よりうれしい。笹ちゃんもポッと頬を染めるほどだ。

「わあ、ありがとうございます」

「さすがにサンドイッチのお店だけあって、パンを食べてる感じ。おいしいものをはさんだ、おいしいパンっていう、サンドイッチの魅力を感じたから……」

興奮気味に語っていたのに、急に言葉を切った彼女は、泣きそうな顔でうなだれた。

「わたし、自分でつくるクロックムッシュが最高だと思ってたけど、本当は料理が下手なのかもしれないです。実家の家族のために、ずっとおいしいものをつくってるつもりだったのに、じつはひどい食べ物だったんだって気がしてきて」

「えっ、そんな。大丈夫ですよ」

わたしはあわてて、なだめようとしたが、彼女の料理を食べたことがないのだから、言葉が見つからなくて、そうとしか言えなかった。

「でも、知人にまずいって言われたんです」

「うーん、口に合わなかっただけかもしれません」

笹ちゃんがフォローする。

「食べ物の好みって、変えることができるんでしょうか？　わたしの好きなものは、彼は好きじゃなくて、おいしくないんだとしたら、どうすればいいんでしょう。クロックムッシュって、パンの上にホワイトソースがたっぷりのってるものだと思ってたけど、違うのかもしれないって、ここのを食べて思ったんです。ここのクロックムッシュが、本物なんですか？　本当はどんな料理で、どうすれば本物のおいしさになるのかわからなくて、このままだと、彼と同じ食卓で同じごはんを食べることができなくなりそうなんです」

笹ちゃんとわたしは、顔を見合わせた。もしかして〝彼〟は、本物のクロックムッシュしか食べたくないという、噂の人なのではないか。

今日まさに、わたしはその人に会った。クロックマダムを食べていた。

「まあまあ、座りません？ もう店は閉めるタイミングですし、コーヒーでも」

イートインスペースへと、彼女を促す。素直にそうした彼女は、もっと話したいことや、訊《き》きたいことがあるのだろう。

入り口のドアにclosedの札をかけて、カーテンを引く。コーヒーを淹《い》れてテーブルへ運び、わたしから切り出した。

「あのう、彼氏さんが好きなクロックムッシュは、『レストラン南』のですか？ メニューでは、ホットサンドとなっていたみたいですけど」

その店のことはピンとこなかったのか、彼女は首を傾げる。

「お店はもうないんですけど、数年前までは公園の近くにあったそうです」

「そういえば何年か前、学生のころに、公園の近くでホットサンドを食べました。彼といっしょに来ていて、たしか洋食屋さんだったかな……？ チーズとハムをはさんで焼いただけの、シンプルなものだったかと」

やはり、昼間に見かけたあの人が彼氏で間違いなさそうだ。

「あのときは、わたし、違う店へ行きたくて、彼を誘って来たんです。話題の店で、上にのったホワイトソースとチーズで、パンが隠れてしまうようなクロックムッシュの写真に惹かれて。でもそこは臨時休業で、しかたなく入った店で、とりあえず近い感じのホットサンドを食べて。クロックムッシュが食べたかったから、物足りないと思ってたけど、彼はすごく気に入ってました」

それは彼にとって、なつかしい喫茶店の味に似ていたからだ。一方で彼が、見栄えに凝ったものを好きになれない理由も、馴染みの喫茶店に起因している。

だから、彼女がつくるものを、おいしいと思えない、思いたくなかったのだろう。

「あれが、本物のクロックムッシュなんでしょうか。あまり印象に残ってなくて。でも、本物はホワイトソースは使ってないんですか？」

わたしは、答えを求めるように笹ちゃんを見る。本当のところ、わたしもホワイトソースを使ったものが好きだ。それが正しいクロックムッシュだと思っていたから、ホットサンドが本物だという説は、半信半疑だが、笹ちゃんなら知っているだろう。

「本物なんてないんです」

笹ちゃんはしみじみと言った。お客さんに気を遣ったわけでもなく、当然のことだと断言していた。

「どこの店でも、家庭でも、それぞれが自分のいちばん好きなクロックムッシュをつくってきたはずです。お好み焼きだって、店の数、家の数だけ味がありますよね？　クロックムッシュも、どこでも誰でもつくって食べられる、身近なものだから。ハムとチーズをはさむのは基本といえばそうですけど、ベシャメルソースもはさんで焼くのもあれば、ソースは上にのせるのも、あるいはソースを薄く塗るタイプもあるし、上にはチーズだけってのもあります。そもそも、ベシャメルソースを使わないものも、今でもクロックムッシュとして出されています」

「でも笹ちゃん、これがなきゃクロックムッシュじゃない、っていうのはあるでしょ？　チーズは必須《ひっす》じゃない？」

腕組みして、笹ちゃんは深く考えた。

「そうね。わたしがクロックムッシュを感じるポイントがあるとしたら、フライパンを使ってバターで焼くってところかな。トースターじゃないの。クロック、ってカリッとした食感のことだから、外側はカリカリ、染み込んだバターの香りがふわりと広がって、中からチーズがとろりってところが魅力かな」

なるほど、とすると『ピクニック・バスケット』のクロックムッシュは、笹ちゃんの理想がしっかり込められているのだろう。お好み焼きと同じように、作り手の数だけこだわりも理想もあるから、偽物なんてあり得ないのだ。

「わかりました……。彼にとってわたしのクロックムッシュは違うってことですね。とにかくもう、『レストラン南』のクロックムッシュは食べられないし、クロックムッシュふうのものは、つくらないのが無難ですよね」

彼女にとっては、彼の理想のクロックムッシュこそが本物に思えるのだ。だから自分の好みは〝まずい〟ものだと落ち込んだままだ。

「食べられますよ。簡単につくれます」

笹ちゃんは断言するが。彼女は自信なさそうな顔をしている。

「ハムとチーズを食パンにはさんで、焼けばいいだけです。フライパンで、両面がカリカリになれば出来上がりです」

「でも、わたしには難しそうです。いつも適当につくってきたから。味付けも、焼き加減もだいたいで。なのに、おいしいつもりでいたんです」

適当につくれるのは、料理に慣れているからだ。彼女の料理がダメだとは思えない。

「そんなの卑下することないです。あなたの料理は、あなたの歴史なんですから。あなたを育ててきた、大切なものが根っこにあるはずなんです」

気づいたら、力が入ってしまっていた。

料理は、つくる人にとっても食べる人にとっても自分の歴史で、その人自身の思いが反映されるものなのだとしたら、彼がシンプルなクロックムッシュにこだわったように、彼女にも、卵をのせる理由がある。

だから彼は、卵がのったクロックマダムを食べた。彼女を知ろうとした。

彼女は料理で、自分のことを彼に伝えていたはずなのだ。自分が食べてきたもの、身近にあった食材、郷土料理も家庭の味も、彼女の好きな料理や彼女のつくる料理に溶け込んでいるのだから、おいしくないわけがない。

「だから、あなたの手で、彼の好きなクロックムッシュをつくってみてはどうでしょう。そうしたら、彼の歴史も感じられるんじゃないでしょうか」

「彼の歴史……ですか。理解すれば、彼好みの料理をつくれるのかな」

「彼の好みに合わせる必要はないんです。あなたの好みも、変える必要なんてないですから。だって、あなたの好きな料理は、クロックマダムですよね？」

「クロックマダム？　って？」

「卵をのせたら、クロックマダムです」

「えっ、そういう名前になるんですか？　でも、どうして卵がのってるって……」

「とにかく、クロックムッシュを食べたいときもあれば、クロックマダムを食べたいときもあっていいんです。どちらも、それぞれにステキな料理なんですから」

たぶん、同じ料理だと思うから、ちょっとしたレシピの違いが気になってしまう。そもそも違う料理なら、お互いが好きな料理を認め合えるだろう。

「いっしょに食べることが大事なんですから」

料理は、いつでも目の前にあるものだけが本物だ。どこかのレストランやカフェに、どんなにおいしい料理があろうとも、行って食べない限り空腹は満たされないし、エネルギーにならない。誰もが、目の前の食事に力をもらっている。それほど、食卓に並ぶ料理はすばらしいのに、ときどきわたしたちは、作り手の存在が見えなくなってしまう。たぶん、簡単な料理であればあるほど。

でもきっと、彼はもう気づいているだろう。ほんとうにおいしいものは、記憶の中にではなくて、大切な人と囲むテーブルにあるのだと。

＊

　自分の料理をＳＮＳに載せ、前にうちのサンドイッチを上げてくれた、emmaさんという人が、クロックムッシュの相談に来たお客さんだということを、本人に聞いたわたしたちは、たまに投稿を覗いてみている。あれから数日後、笹ちゃんが教えた、シンプルなクロックムッシュの写真があがっていた。きれいなキツネ色に焼き上がっていて、彼女がどれだけ丁寧につくったかがよくわかる。他の料理写真に紛れると、シンプルすぎるのか閲覧数は少ないけれど、きっと彼女はしみじみと味わい、笑顔になったことだろう。

「ええと、クロックマダムのおにいさんの彼女が、笹ちゃんにクロックムッシュの作り方を教わったん？」

　小野寺さんは、コロッケサンドをほおばりながら、混乱した様子で首をひねっていた。

「はい。彼女、彼の理想のクロックムッシュをつくりたいと思ったみたいで」

「へえ、で、彼のほうは、クロックマダムを彼女のためにつくったんか」

　emmaさんの彼氏は、この前のカフェでは、クロックマダムを食べていたが、つくったというのはどういうことかと、今度はわたしたちが首をひねる。

「あのあと、彼氏が川端くんとこへパンを買いに来て、クロックマダムをつくりたいって言うてたんやて。ネットで調べたけど、作り方がまちまちで、困ってたらしいで」

「そんなに違いますか？」

はさんでソースをかけて、卵をのせて焼くだけだ。

「初心者には違うんや。チーズも、チーズとしか書いてないところもあれば、グリュイエール
チーズとか、なんやそれ、ってなるやん。ホワイトソースかて、自分でつくるレシピもあれば、
缶詰のもあるし、それにベシャメルソースって書いてあったりもするしなあ」

「たしかに、はじめての人は混乱しますよね。塩を少々や適量も、弱火と中火も、ふだん料理
をしてないと、感覚的にわからないし」

笹ちゃんが言うように、料理の感覚的なところは、「作り方」には書き切れないだろう。

「それで川端くんが、丁寧に教えたったらしい」

彼は、emmaさんの好きなクロックマダムを受け入れて、好きになることができただろうか。

ふたりがお互いに、相手の好きな料理をつくる、なんてステキなカップルだ。

「仲直りできたんでしょうね」

「まあ、結局ふたりとも、ハムとチーズをパンではさんだものが好きなんやから、食べ物の好
みも同じやん、てツッコミたくなるわ」

たしかに、細かい違いに衝突したものの、そもそも似たもの同士だ。

「似てるからこそ、細かい違いが気になるんですよ。片方が、クロックムッシュをはじめて食
べる人だったら、ケンカにならないから」

「ま、誰でもこだわりはあるやろし、譲れないこともあるけど、肝心なのは、お互いを思いやれるかどうかやな」

思いやり、か。当然のことなのに、忘れていた気がして、わたしははっとさせられた。そういう言葉とは無縁のまま、男の人とつきあってきたような気がする。好きかどうかが重要で、好きだと言われれば、思いやりが欠けていても許されるような感覚だった。好きだから、いくら傷つけても、傷つけられても、関係を壊すことは間違っているような思い込みがあったのだ。

小野寺さんの言葉が不意に胸に納まって、ポッとあたたかい光がともる。ああそうだ。わたしは、思いやりがほしかった。でも、そういう恋ができていなかったのだ。

お互いが、〝好き〟な相手は自分にとって心地よいはずだと思い、そうなってほしいと望んだ。わたしは、最優先でいっしょにいてほしいと思ったし、彼にとっては恋人は、優先しなくても、ぞんざいに扱っても変わらない相手であるべきだった。

それは、恋愛というには幼い関係だったのだろう。

あのころのことを、傷だと思う必要はない。ちゃんと人を好きになるための、練習だったのなら、わたしはもう、間違わずにすむ。

「小野寺さんの、いちばんのこだわりって何ですか？」

笹ちゃんに自分のことを訊かれたら、小野寺さんはそれだけで顔がゆるむ。

「うーん、どうしても譲れへんのは、服の好みかな」

笹ちゃんは笑い、小野寺さんの銀でできた蛸《たこ》のネクタイピンをほめる。

「前に、ふつうの服装やったらデートしてもいいっていう人がおったけど」

「断ったんですか？」

「いや、ふつうの服着た」

「全然こだわってないですね」

「そこはまあ、僕を知ってもらう機会やから」

「ふふ」

とえくぼをつくる笹ちゃんはかわいい。小野寺さんはドキドキしているに違いない。

「笹ちゃんは、いっしょに歩きたくない服装とかあるん？」

「いいえ、清潔なら気になりませんよ」

「着ぐるみの人でも？」

「あー、かわいいですよね」

ふたりが盛り上がっているのを横目に、わたしは店の外へ出る。コゲの鳴き声が聞こえたようだったからだ。

ドアを開けると、テラス席のそばで、コゲが川端さんに撫《な》でられていた。

「あ、蕗ちゃん。近くへ来たんでちょっと寄ろうと思ったら、コゲにつかまって」

コゲはわたしに気がつくと、ニャアと鳴いて、わたしから一歩半の距離を取ってお座りした。君も撫でてもいいよ、という態度だ。

一歩半近づいて、コゲに手をのばす。素っ気ない感じで撫でられているが、その場にとどまっているのはうれしいからだと最近わかってきた。

「コゲってば、小野寺さんがいると、笹ちゃんにさえ甘えないけど、ふたりともいないところでは、ひそかに愛嬌《あいきょう》を振りまいてるんですよね」

「うん、外では僕を見て近づいてきてくれるけど、お店の中では素っ気ないです。だから今は、僕に甘えてるところを見られて、蕗ちゃんに申し訳なく思ったのかな」

コゲなりに、考えがあることはたしかだ。

「好きの順番がはっきりしてるんですね」

「正直でいいなあ」

撫でられるのに満足すれば、コゲはさっとわたしたちのそばを離れ、木を伝って店の窓上にある猫ドアをくぐっていく。

「あのさ、蕗ちゃん、ラッコの帽子はないらしくて。ゴマフアザラシはあるそうです。だったら、ペンギンのほうが好き？」

何の話かと、しばしぽかんとしたわたしは、気がつくと同時に、上着も着ていないのに汗が出てきた。ペンギンの帽子にかこつけて、暗に水族館デートを望み、墓穴を掘ったようなものだった。

「あれは、その、違うんです」

ひとつ深呼吸して、わたしは心を決めた。もう、ごまかすのはやめよう。相手の反応を気にしながら、自分が深く傷つかないように逃げ道をつくっているだけだった。あやふやに流れてしまう言葉は、いくら重ねても届かない。

「ペンギンもラッコも、ゴマフアザラシも帽子はかわいいと思うけど、わたし、本当は川端さんと」

「あ、ちょっと待って」

あわててさえぎられて、わたしはあせる。そっか、誘われたくないんだ。と思うと逃げ出したくなるが、川端さんがやさしい目でわたしを見つめたままだったので、ついうっとりしてしまっていた。

「いっしょに行きませんか？　ペンギンでもゴマフアザラシでもいいから、蕗ちゃんの帽子を買いに」

川端さんから目が離せなくて、言葉の意味が頭に入るまでに時間がかかったが、返事を発するまでにわたしは、何度も頷いていた。

「……はい」

「よかった。僕のほうから誘いたかったから」

ほっとしたように笑う川端さんにつられ、わたしも笑う。うれしくて、安堵《あんど》が体の隅々にまで広がると、寒さも感じないくらいホカホカしていた。

「仕事では、蕗ちゃんとよく話したりしてるけど、プライベートで会ったら、どう思われるかわからないなって、ちょっと戸惑ったんです。でもたぶん、これまで僕がつまらない人って思われたのは、僕がいけなかったんだろうと反省するところもあって。誘われて出かけるのって、やっぱり誘ったほうが盛り上げなきゃって思うだろうし、なのにもし僕のノリが悪かったら、がっかりしてつまらないって感じるところがあるだろうし」

いつも誘われるばかりの川端さんは、あのときわたしが水族館へ行きたいと誘ったみたいになって、困っていたのだ。わたしのほうが盛り上げ役になれば、これまでと同じことが繰り返されるのではないかと、もう少しよく知り合いたいと思ってくれていたからこそ、心配だったのだろう。

わたしも、これまでみたいに重たく思われてしまわないかと心配で、身動きできなかった。

「蕗ちゃんとは、そうなりたくないから」

楽しくないのは、いっしょに出かけた人のせいじゃない。楽しませてもらうよりも、いっしょに楽しみたいのに、そんな気持ちを忘れかけていたかもしれない。

「そんなにノリが悪いんですか？」

「うーん、小野寺さんにくらべたら悪いやろな。西野さんにはよくそう言われる」

「小野寺さんとくらべたら、世界中の人がノリ悪いですよ。だいたい麻紀さんだって、めったに笑わないし」

「でも西野さん、最近はだいぶ笑うようになったよ。蕗ちゃんがいつ見ても笑ってるから、顔の筋肉がゆるんだとか」

まったく、麻紀さんときたら。

「いくらでも、人は変われるんやね」

川端さんは、ちょっとうれしい発見をしたかのようだった。

「この前の、クロックマダムの人が、彼女のためにつくりたいって、パンを買いに来たんです。料理は初心者で、クロックマダムもまともにつくれないと言いながら、彼女の好きなものでアレンジするなら、どうすればいいかって訊くんですよ」

「どう提案したんですか？」

「トマトが好きらしいから、トマトとバジルものせて焼くのは？　って」

ピザふうクロックマダムか。

「誰かのために変われるって、すごいなと思って」

「そんなふうに思える相手がいるって、うらやましいですね」

ただ食べ物を口に入れるだけで、生きていけるわけじゃない。自分でおいしいと思うものをつくれるだけでも味気ない。慣れない料理でも、あり合わせでも、誰かがおいしいと言ってくれるなら、そんな食卓が、明日《あした》の糧になる。

食べる人のことを考えて、工夫できる料理は幸せだ。

「あ、蕗ちゃん、寒くない？　引き留めてごめん」

「いえ、よかったら中へ入りません？　温かいコーヒーでも。小野寺さんも来てますし」

川端さんはちょっと眉をひそめたが、それはもう、小野寺さんに対する挨拶《あいさつ》みたいなものだろう。

小さな違いを認め合って、微笑み合えるようになれたらいい。

本書は書き下ろしです。

谷 瑞恵（たに　みずえ）
三重県生まれ。三重大学卒業。1997年『パラダイスルネッサンス―楽園再生』で集英社ロマン大賞佳作に入選しデビュー。著書に「思い出のとき修理します」シリーズ、「異人館画廊」シリーズ、「伯爵と妖精」シリーズ、『めぐり逢いサンドイッチ』『語らいサンドイッチ』『額を紡ぐひと』『まよなかの青空』『神さまのいうとおり』『あかずの扉の鍵貸します』など多数。

ふれあいサンドイッチ

2023年３月20日　初版発行

著者／谷《たに》 瑞恵《みずえ》

発行者／山下直久

発行／株式会社KADOKAWA
〒102-8177　東京都千代田区富士見2-13-3
電話　0570-002-301（ナビダイヤル）

印刷所／旭印刷株式会社

製本所／本間製本株式会社

ISBN 978-4-04-111727-9　C0093